KB004214

독고의 꼬리

초판 1쇄 펴냄 2021년 4월 15일
3쇄 펴냄 2022년 6월 30일

지은이 하유지

펴낸이 고영은 박미숙
펴낸곳 뜨인돌출판(주) | 출판등록 1994.10.11.(제406-251002011000185호)
주소 10881 경기도 파주시 회동길 337-9
홈페이지 www.ddstone.com | 블로그 blog.naver.com/ddstone1994
페이스북 www.facebook.com/ddstone1994 | 인스타그램 @ddstone_books
대표전화 02-337-5252 | 팩스 031-947-5868

© 2021 하유지

ISBN 978-89-5807-805-0 03810

뜨인돌

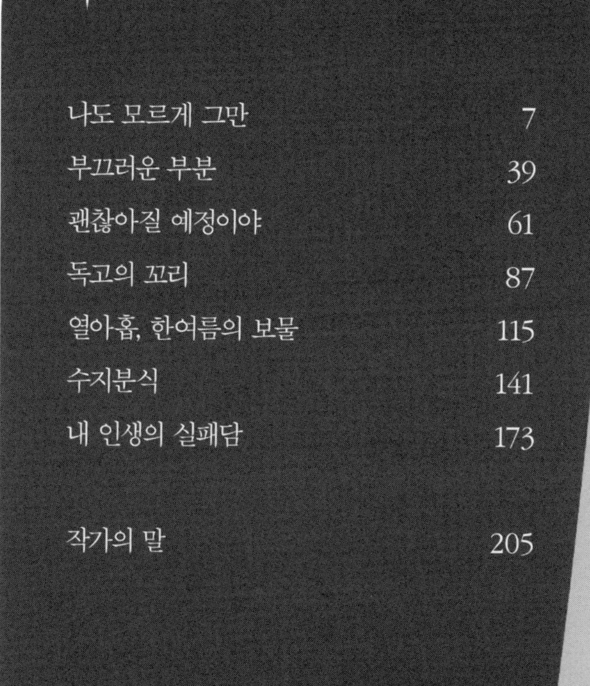

나도 모르게 그만

✦

4월 7일 저녁 7시 57분에 일어난 일

7시 40분, 학원 수업이 끝났다. 형조는 학원 앞 정류장으로 가서 마을버스를 기다렸다. 50분쯤 버스가 왔다. 형조 뒤를 이어 민수도 차에 올랐다. 형조는 뒷문 왼쪽 봉 옆에, 민수는 오른쪽 봉 옆에 자리 잡았다. 봉에 팔을 휘감고는 스마트폰 게임을 시작하는 민수.

형조와 민수는 새별중학교 3학년으로, 같은 학원에 다니지만 말 한마디 나눠 본 적이 없었다. 복도나 화장실에서 스쳐 지나가며 얼굴을 익혔을 뿐이다. 형조는 까맣고 작은 눈에 몸집이 다부졌다. 민수는 키가 크고 자세가 구부정했다. 둘 다 성적은 평범했다. 잘하는 과목으로 보자면 과학과 수학에 소질을 보이는 민수가 나았다. 평균 점수로 치자면 여러 과목에서 두루 무난한 성적을 받는 형조가 나았다. 친구 관계도 그와 비슷했다. 형조는 누구하고든 잘 지내는 편이었고 민수는 한두 명과 친하게 지냈다. 두 사람의 집은 주공아파트, 대단지의 입구와 안쪽으로 떨어져 있어서 같은 곳에 산다는 실감은 적었다. 내리는 정류장도 형조는 아파트 정문 앞이고 민수는 하나 더 가서 후문 앞이었다.

형조는 차창 밖으로 지나가는 여자애들 무리에서 전 여친, 보람이를 발견했다. 같은 반이었던 지난해 가을부터 올해 설까지 사귀다가 헤어졌다. 보람이는 설 연휴 내내 형조와 만나 놀고 싶어 했는데 형조는 영어 특강을 들어야 했다. 보람이는 형조를 마마보이라 불렀고 형조는 억지 부리지 말라고 답했다. 엄마가 신청해 놓은 특강을 들으면서도 몸만 학원에 있고 영혼은 보람이가 가자던 파스타집 주변을 떠돌았었다. 특강이 끝나자 머리에 남은 내용도 없는데 여친만 잃었다. 차창 밖을 내다보며 한숨을 삼키는 형조.

한 승객이 벨을 누르고 일어나더니 뒷문 쪽으로 걸어 나온다. 맨 뒷자리 오른쪽 끝, 자리가 났다. 민수와 형조의 눈빛이 빈자리 어름에서 부딪쳤다. 거리로 치자면 민수가 한 걸음쯤 더 가까웠다. 그러나 둘 다 빈자리 바로 앞에서 기다리던 상황이 아니라 어느 한 쪽에게 우선권이 있다고 보기는 힘들었다. 먼저 차지하면 임자였다. 버스가 파출소 앞에서 멈추었다. 민수가 빈자리로 가려고 몸을 튼다. 형조는 저 구석 자리까지 파고들어가면 내릴 때 번거로워서 경쟁을 포기하려던 차였다. 그런데 으악! 앞문이 열리더니 보람이가 탔다!

형조는 민수를 앞질러서 뒤쪽으로 도망쳤다. 계단을 올라 승객 두 명의 무릎을 스치는 수고를 거쳐 좌석에 앉고는 고개를 샤, 창밖을 본다. 민수는 번개같이 튀어나와 자리를 차지한 형조를 보며 큰 눈을 끔뻑거린다. 얼마나 재빠르던지 민수를 책가방으로 스치고 지나갈 때 샤샤샥 효과음까지 났다. 그래 놓고는 창밖을 보며 딴청 피우는 형조.

보람이는 운전석 뒤에 서서 스마트폰을 본다. 형조는 보람이가 고개를 숙인 채 폰만 하다가 앞문으로 내리길 빌고 또 빌었다. 보람이네 집 근처 정류장이 혼잡해서 기사 아저씨가 앞문으로 내리라고 특별히 허락해 줄 때가 있었다. 형조는 보람이의 눈에 띌까 봐 초긴장 상태다. 정작 보람이 쪽에서는 몇 달 전 헤어진 남친 따위야 다른 은하계 얘기가 되었을지도 모르는데.

민수는 빈자리를 향한 미련을 떨치고서 게임에 빠져들었다. 형조는 창밖만 내다본다. 마을버스가 길 끝에서 신호를 받고 섰다. 운전기사가 라디오 주파수를 바꾸자 스피커에서 57분 교통 정보가 흘러나왔다. 형조는 고개를 조금 돌리더니 가자미눈을 하고 보람이를 힐끔거린다. 키 크고 구부정한 놈이 시야를 가리는 바람에 조그만 보람이가 잘 보이지 않았다. 봉에 덩굴손처럼 휘감긴 녀석, 방금 전의 경쟁자였다. 뭐야, 좀 비켜. 답답함을 견디다 못해 정면을 보는 순간, 보람이도 형조 쪽으로 고개를 돌렸다. 형조는 빛이 헉헉대며 쫓아올 속도로 몸을 구부렸다. 운동화 끈을 묶는 척하는데, 퍽!

기다란 쇳덩이가 뒷자리 유리창을 뚫고 들어왔다. 거미줄처럼 금이 가는 유리. 형조의 뒷머리에서 머리카락 몇 올이 정전기에 딸려 일어났다. 서늘한 기운이 목덜미를 스친다. 민수가 입을 벌린 채 스마트폰을 떨어뜨렸다. 보람이는 꺅, 소리를 내며 토스터에서 다 구워진 식빵처럼 튀어 올랐다.

뭐지? 무슨 상황이지? 형조가 몸을 일으키려 하자 옆에 앉은 아주머니가 떨리는 손으로 등을 눌렀다.

"가만있어요. 일어나지 마!"

그러는 아주머니도 제정신은 아니었다. 철근 다발이 창문을 뚫고 들어와 아주머니의 관자놀이 바로 옆에서 멈추었기 때문이다. 철근은 형조 자리의 허공도 뚫었다. 형조가 몸을 굽히지 않았다면 머리가 있었을 위치였다. 민수가 앉았다면 거기쯤 목이 있었을 테고. 폰 게임을 하느라 거북이처럼 뺀 목 말이다. 골목길을 달려오던 트럭이 급정거하면서, 짐칸 위에 삐죽하니 실은 철근 다발이 앞으로 쏟아져 마을버스의 창문 유리를 뚫고 들어온 것이다.

57분 교통 정보가 끝나고 8시를 알리는 시보가 울렸다. 그 소리가 마법을 푸는 주문이라도 되었을까. 모든 동작과 소음이 정지 상태에서 풀려나더니 분주해지는 버스 안. 운전기사가 형조에게 다가왔다.

"거기 학생! 괜찮아요? 다친 데 없어?"

괜찮으냐는 질문은 형조가 받았는데, 두 손으로 목을 움켜쥔 사람은 민수였다. 민수는 안 괜찮았다. 목이 안팎으로 따끔거렸다. 녹슨 철근이 뒷좌석을 헤집은 풍경. 저기에 내가 앉았더라면……. 운전기사보다도 먼저 형조에게 가서 손을 내밀었다. 자기도 모르게 한 일이었다. 평소에는 굼뜬 편인데 이번만큼은 빨랐다. 형조는 몸을 반으로 접은 채 눈만 치떠서 민수를 올려다보았다. 그러더니 민수의 손을 잡고 철근 밑에서 빠져나와 계단을 내려온다.

"윤형조, 괜찮아? 너 죽을 뻔했어!"

어느새 다가온 보람이의 말이었다. 제법 걱정스러워하는 표정. 아이섀도 색깔이 산뜻하다.

"아니, 뭐. 그냥."

들켰네, 결국. 형조는 손으로 머리카락을 쓸어 올리는 척하며 이마에 배어 나온 땀을 닦았다. 가슴이 두근거렸다. 죽을 뻔했다가 살아난 상황에서 전 여친 때문에 심장이 뛰다니. 옆자리 아주머니는 그제야 긴장이 풀렸는지 아이고, 신음을 뱉더니 의자 등받이에 쓰러지듯 기댔다.

경찰이 현장에 도착할 때까지 형조, 보람이, 민수 세 사람은 가로수 밑에 서 있었다.

"윤형조, 윤민수. 너희 둘, 아는 사이였어?"

보람이가 형조와 민수를 번갈아 보더니 말했다. 보람이는 6학년 때 민수와 두 달 동안 짝꿍이었다. 좁은 동네에 학교도 몇 군데 안 되니 한두 다리 건너면 공통되게 아는 사람이 있게 마련이었다.

형조와 민수는 보람이를 사이에 두고 짧게 시선을 교환했다. 윤형조, 윤민수. 서로 이름은 처음 듣는다. 같은 아파트에 살면서 같은 학교와 같은 학원에 다니고 같은 마을버스로 오가는 두 사람은, 성씨도 같았다.

"아니, 뭐. 그냥."

같은 말을 반복하는 형조.

구급차가 사이렌을 울리며 달려왔다. 형조의 심장이 또 뛰었다. 버스 안에서 상황이 나쁜 쪽으로 살짝만 틀어졌어도, 민수라는 이 녀석과 자신 중 한 명은 끔찍한 사고를 당했을지도 몰랐다. 민수의 발로 시선을 내렸다. 끈도 없는 신발이었다.

친구들

4월 7일 7시 57분에 일어난 사건으로 형조는 목숨을 구하고 새로운 삶을 얻었다고 생각했다. 그뿐인가, 친구도 생겼다. 옛 여친과 새 절친. 보람이와는 다시 사귀기는 좀 그렇고 일단 친구 사이로 지내 보자는 쪽으로 분위기가 흘러갔다. 민수와는 반이 다르다는 한계를 극복하고 급속도로 친해졌다. 보람이는 형조와 민수가 다니는 곳으로 학원을 옮겼다.

셋은 함께 다니며 열심히 먹었다.

떡볶이, 햄버거, 치킨, 만두, 피자, 냉면, 고기, 김밥, 쫄면. 보람이는 잘 먹고 많이 먹는 집안 자손이라 먹기 분야에서는 정보든 실전이든 선수였고, 형조는 보람이가 먹고 싶어 하는 음식이라면 그 무엇이든 다시는 거절하고 싶지 않았고, 민수는 키가 커서 그런지 영양분도 많이 필요했다. 그리고 파스타, 그렇다 파스타. 파스타 맛집을 찾아가 보람이가 지휘하는 대로 봉골레 파스타와 토마토 파스타, 카르보나라를 주문했다. 오렌지에이드와 자몽에이드도 마시고 마늘빵도 곁들였다. 오늘의 메뉴는 보람이가 결정했고 형조는 지도 앱을 보며 길 안내를 맡았다. 민수는 어떤 음식이든 감탄도 비난도 없이, 남김도 없이 먹는 역할이었다.

셋은 순댓국이라는 봉우리까지 점령했다. 학원 수업을 빼먹기로 한 금요일 오후였다.

"오늘은 순댓국! 이런 날은 순댓국처럼 찐한 걸 먹어 줘야 돼."

보람이가 선언했다.

"이런 날이 어떤 날인데?"

형조가 물었다. 입맛대로라면 순댓국이라니 웬 할아버지 메뉴냐며 미간을 찌푸렸겠지만 보람이 앞에서 그래서는 안 된다. 다른 영역이라면 몰라도 먹는 걸로는 보람이 성질을 건드리지 말자고 다짐한 바였다.

"앞으로 더울 일만 남은 날. 완전 더워지기 전에 순댓국 한번 먹어 줘야 버텨. 내가 잘하는 데 알아. 우리 집 단골이거든. 부추랑 들깻가루 넣어서 먹는데 깍두기도 맛있어."

"넌 가끔 보면 말하는 거랑 식성이랑 딱 아재야."

"딱 아재랑 사귄 넌 뭐냐, 그럼?"

지금 우리 사이는 뭔데, 그럼? 형조도 묻고 싶었지만 참았다. 둘만 있었다면, 민수가 기다란 그림자를 끌며 따라오지 않았다면 던졌을지도 모르는 질문. '일단' 친구로 지내기로 했는데 그 '일단'이 언제부터 언제까지인지, '일단' 다음에는 무엇이 있는지 궁금했다. 하지만 손에 쥔 스마트폰을 토르의 망치처럼 휘두르며 버스 정류장으로 뛰어가는 보람이는, 일단 순댓국 말고는 아무것에도 관심이 없어 보였다.

"아으 씨, 이제 내년이면 고딩인데!"

보람이를 따라잡으려고 발걸음을 빨리하며 형조가 투덜거렸다.

"그게 뭐? 왜?"

보람이를 따라잡으려는 형조를 따라잡은 민수가 물었다.

"빨리 결론을 내야 맘 잡고 공부를 하든가 말든가 하잖아. 이게 뭐냐, 전 여친하고 베프나 먹고. 내가 미국인도 아닌데."

형조는 민수를 돌아보며 얘가 없었으면 더 우스운 꼴이 될 뻔했다고 생각했다. 민수라는 중간 지대 덕분에 형조는 보람이와 이틀이 멀다 하고 먹부림을 하러 다니는 친구 사이로 지낼 수 있었다. 형조는 굽은 등에 거북이 등딱지처럼 책가방을 얹은, 눈빛도 성격도 순한 민수가 그날따라 고마웠다.

"그냥 천천히 하면 안 돼? 다시 사귄다고 해서 당장 결혼할 것도 아니잖아."

결혼? 너무 거창하고 아득한 이야기라 형조는 웃음이 픽 나오더니 마음이 진정되었다. 컵에 차오른 물이 넘치려는 위기에, 더 큰 머그잔을 가져와 물을 그 안에 옮겨 부었달까.

버스를 타고 순댓국집으로 향한다. 빈자리가 많은데도 뒷문 근처에 세 가지 맛 파스타처럼 늘어선 세 사람. 그날 그 사건 이후로 버스 좌석에 앉기가 껄끄럽다. 의자 옆에는 창문이 있으니까. 창문 밖에는 골목길과 트럭이 있으니까.

보람이네 단골집에 도착하자 순댓국을 한 그릇씩 주문했다. 오소리감투나 염통처럼 기괴한 내장은 빼고 순대만 주세요, 하는 아마추어는 없었다. 보람이가 격 떨어뜨리는 짓 하지 말라고 경고해 두었기 때문이다. 교복 입은 중학생이 남녀 혼성으로 등장하자 사람들 눈길이 쏠렸지만 셋은 신경 쓰지 않았다. 형조와 민수는 본래 그런 것 좀 신경 썼는데 보람이와 다니다 보니 당당해졌다. 우리끼리 순댓국 좀 먹으면 어때서요? 사람이나 사람을 가리지 순대는 사람을 가리지 않는다고요.

복국집 위층, 고양이

보람이가 예언한 대로 날은 섬점 더 더워졌다. 여름이 깊어 가며 매미 울음소리가 온 세상의 목소리가 되었다. 하굣길, 형조와 보람이는 교문 근처에서 우연인 듯 아닌 듯 마주쳤다. 길을 걷다가 횡단보도 앞에서 멈춰 섰는데 건너편에 복국집이 보인다. 이름하여 '또오세요복국'.

"윤형조, 너 복국 먹어 봤어?"

"아니. 맛있어?"

"맛있대. 나도 아직 안 먹어 봤거든."

이 동네에서 생산하는 음식 중 보람이가 거치지 않은 장르가 있다니 놀라웠다. 그렇다면! 기회는 이때다! 형조는 오랜만에 단둘이서 먹는 메뉴로 복국은 분위기 깨지 않나 싶어서 망설이다 말고, '일단'의 다음 어딘가로 발을 내디뎠다.

"그럼 같이…… 먹어 볼래?"

갈라지는 목소리. 매미가 커다란 목청으로 비웃었다. 겨드랑이에서 분출되는 땀. 순댓국도 아니고 무려 복국을 먹을 미래가 무서워서인지, 됐다며 거절당할까 봐 두려워서인지, 아니 아니, 그거 다 아니고 날이 더워서 그렇다.

"같이? 너랑 나랑 둘이서?"

지금 막 되게 중요한 순간 같은데 뭐라고 대답하지? 머리와 함께 땀샘까지 쥐어짰는지 온몸에서 땀이 솟구쳤다.

"그래, 너랑……."

형조가 입을 열었는데,

"어! 저기!"

보람이가 길 건너편을 보며 외쳤다.

마을버스에서 형조의 옆자리에 앉았다가 아슬아슬하게 사고를 면한 아주머니였다. 형조의 등을 누르며 가만있으라고 말해 준 사람. 아주머니는 '또오세요복국'이라고 쓰인 앞치마를 벗어서 털더니 다시 입고는 가게로 들어갔다.

"저기서 일하시나 보네."

형조가 중얼거렸다. 이 타이밍에 꼭 앞치마 털러 나오셔야 했나요, 애꿎은 아주머니에게 마음속으로 투정을 부리면서.

"갑자기 막 인연 같고 그렇네. 진짜 저기서 복국 한번 먹어 봐야지."

보람이가 말했다.

형조는 그 복국을 언제 누구와 먹을 계획이냐고 캐물을 엄두가 나지 않았다. 망했다는 생각만 들었다.

"어! 저기!"

"왜 또!"

울상이 되어 보람이가 가리키는 곳으로 시선을 옮겼는데,

"고양이잖아?"

복국집 건물 2층, 창가에 앉아 바깥을 두리번거리는 삼색 고양이.

"뭐지. 저기서 키우는 앤가."

"비어 있는 곳인데? 쟤, 갇힌 거 같아."

창문에 '2층 임대 문의' 현수막이 걸려 있었다. 안쪽 전등도 꺼져

있고 가구나 사람도 보이지 않는다. 불안한 기색으로 밖을 내다보다가 창턱 아래로 내려가는 고양이의 뒷모습. 형조처럼 시무룩하다.

둘은 길을 건너서 복국집 건물로 갔다. 보람이는 2층으로 올라가 보겠다며 출입문을 밀었다.

"야 좀, 잠깐 있어 봐."

형조는 보람이의 팔을 붙잡았다가 2.908초 만에 놓았다.

"함부로 들어가고 그러면 안 된다고. 건물 이런 거 다 사유 재산이라고."

"고양이만 풀어 주고 나올 거야."

"갇힌 거 맞아? 집고양이 내쫓는 거면?"

"설마. 딱 봐도 길냥이잖아."

보람이는 건물 안으로 들어가더니 2층으로 올라갔다. 형조는 뭐라 뭐라 꿍얼대며 주변을 둘러보고는 보람이를 따라갔다. 사유 재산이든 공유 재산이든, 길냥이든 집냥이든, 보람이 혼자 감당하게 둘 수는 없으니까.

2층 문은 잠겨 있지 않았다. 그 안은 쓰레기나 잡동사니만 굴러다니는 빈 공간이었다. 삼색 고양이는 구석에 웅크린 채로 눈알만 데굴거리며 우우웅 소리를 냈다. 보람이 말대로 딱 봐도 길냥이였다. 중성화 수술을 했다는 표시로 귀 한쪽 끝이 잘려 있다. 누군가 문을 열어 놓았을 때 들어왔다가 갇힌 모양인데, 꽤 오래 지났는지 털이 푸석푸석하고 뼈가 앙상했다.

“어떡해. 계속 굶었나 봐.”

보람이가 발을 구르며 안타까워하더니 등에 멘 가방을 앞으로 돌려 뒤적거린다. 생수와 미니 약과와 소시지와 과일 젤리와 홈런볼, 막대 사탕에 초코 우유 등등이 마트 수준으로 나왔다.

“물부터 주자. 손 좀 이렇게 해 봐.”

형조는 보람이가 시키는 대로 두 손을 맞대고 오므렸다. 그 손안에 생수를 붓는 보람이. 삼색이는 손을 뻗고 다가오는 형조를 보더니 놀라 캬악 소리를 질렀다. 주춤거리는 사이, 물이 손가락 사이로 흘러내려 바닥의 목을 축인다.

“쟤 예민한 것 좀 봐. 안 되겠다, 그릇에 줘야지.”

보람이는 젤리를 뜯어 한입에 삼키더니 빈 용기에 생수를 담아 한쪽에 놓았다. 반대편 구석에 쭈그리고 앉아 존재감을 최소한으로 축소하는 두 사람. 한참 지나 삼색이가 젤리 용기로 다가간다. 망설이면서도 물을 할짝, 그 뒤로는 주체하지 못하고 정신없이 먹는다. 가뭄철의 나무 같다. 쏟아지는 소낙비를 빨아들이는 나무뿌리. 너 힘들었구나, 형조는 빗물이 마음속에 스민 듯 먹먹해졌다.

물을 두 번 더 주고 소시지와 약과도 잘라 주었다. 삼색이는 양껏 먹고 배가 찼는지 앞발에 침을 묻혀 세수를 한다.

“야옹아, 문 열어 줄게 나가자? 언니랑 나가자?”

보람이가 나지막한 목소리로 고양이를 안심시키며 문을 열었다.

다, 다정해……! 형조는 얼굴을 붉히고는 뒤돌았다. 달라진 얼굴

색을 숨겨야 한다. 고양이 나가라고 열어 놓은 문인데 형조가 나간다. 1층으로 내려가 출입문을 열자, 때마침 계단을 뛰어 내려온 고양이가 건물 밖으로 뛰쳐나갔다. 골목길로 내달리는 고양이. 시무룩하지 않다. 생수와 소시지와 약과를 쟁여 둔 보람마트 덕분이다.

"그냥 놔뒀으면 죽었을지도 몰라."

"거봐, 올라가 보길 잘했지."

"그럼 우리가 고양이 한 마리 살린 거네?"

형조와 보람이는 뜨거운 해 아래 서서 땀처럼 삐져나오는 웃음을 지으며 마주 보았다. 형조는 차창을 뚫고 들어온 철근 다발을 떠올렸다. 그때 내가 죽지 않고 살아남은 이유가 있을지도 몰라, 그런 생각이 들었다.

살아남은 이유가 있다면

토요일 오후, 무제한 리필 삼겹살집. 한 달에 한 번 여는 성대한 고기고기 파티다.

"그날 죽지 않고 살아남은 이유가 있을 거 같단 생각이 자꾸 들어."

형조가 삼겹살을 우물거리며 고기고기 파티에는 어울리지 않는 궁서체 발언을 했다.

민수는 불판 위 고기를 뒤집다 말고 형조를 바라보았다. 보람이는 상추 두 장 위에 깻잎 세 장을 겹치던 손을 멈추었다.

“난 내가 죽을 뻔한 걸 안 죽고 살았다고 생각하거든. 신발 끈 묶느라 몸을 숙이지 않았으면…….”

형조는 몸서리를 치고는 민수를 본다.

“내가 아니었으면 그 자리, 네가 앉았겠지?”

“그건 그렇지.”

원래는 민수가 그 자리에 앉으려 했다. 형조가 샤샤샥 새치기를 하는 바람에 한발 늦었을 뿐.

“넌 묶을 신발 끈도 없었으니까, 철근이 유리 깨고 들어왔을 때!”

형조가 오른손을 들어 목을 꿰뚫는 시늉을 했다. 캑 소리까지 낸다. 보람이는 밥맛에 고기 맛까지 떨어진다는 얼굴로 형조의 정강이에 발길질 시늉을 했다.

“어쨌든 내가 나도 모르게 널 살려 준 거라고, 윤민수.”

“그렇게 따지면 넌 내가 살렸는데, 윤형조? 너 나한테 안 들키려고 끈 묶는 척하다가 운 좋게 철근 피한 거잖아. 내가 그날 그 시간에 그 버스 안 탔어 봐. 너야말로 캑이었을걸?”

보람이가 반박했다.

“너 아니었으면 구석 자리까지 갈 일도 없었거든? (진실과 거짓이 반반이다. 앉을까 말까 망설였으니까.) 그리고 들키긴 뭘 들켜, 내가 뭐 죄시었냐? 서로 어색하니까 모르는 척 피해 준 거야. 일종의 매너지.”

형조도 반박했다.

"내가 정말 거기 앉았다가 사고를 당했으면 너희가 다시 만나지는 않았을 거 같은데……. 트라우마, 그런 거 있잖아."

민수였다. 말주변이 없어서 잘 표현하지 못했지만 하고 싶은 말은 이랬다. 내가 그 자리에 앉았으면 형조 네 말대로 피 튀기는 사고가 났을 텐데 그럼 너희 둘이 친구로든 뭐든 다시 친하게 지내는 일은 없었으리라고 봐. 서로 얼굴만 봐도 끔찍한 사고 현장이 떠올라서 외면하지 않았을까?

"우리가 만나? 뭘 만나?"

보람이가 말했다.

"내 말이! 윤민수 넌 왜 말을 이상하게 하고 그러냐?"

형조가 보람이를 거들었다. 속으로는 어어 이게 아닌데, 고개를 갸우뚱하면서. 또 망한 느낌이다.

"그런 뜻은 아닌데……."

민수가 어깨를 움츠렸다.

침묵이 흘렀다.

고기 더 주세요, 외치며 침묵을 깬 사람은 보람이였다. 누가 누구를 구했네 쳇바퀴 도는 '은혜론'을 다음과 같이 정리한 사람도 보람이였다.

"그냥 우리가 우리를 살린 걸로 하자. 서로서로 구해 준 걸로."

그랬다. '우리'였다. 내가 너를, 네가 나를, 우리가 우리를. 그날 그

시각, 그 마을버스에 탄 보람이에게도 빈자리에 앉을 가능성이 있었다. 형조와 민수에 비해 확률이 낮았을 뿐이다.

"그럼 생각해 봐. 우리가 누군가를 또 살릴 수도 있는 거잖아? 그게 우리가 살아남은 이유일지도 모르고."

형조가 말했다.

"살아남은 사람의 책임 같은 거?"

민수의 말에 형조와 보람이가 오오올, 감탄했다. 민수가 부끄러워한다.

"비슷해. 살아남은 보람이라고 해도 되고."

그러면서 형조는 보람이를 곁눈질한다. 나 지금 은근히 네 이름 말했거든? 귀 빨개졌을까 봐 사이다를 벌컥거리며 체온을 낮춘다.

"너랑 나랑 삼색이 풀어준 게 그거네. 누군가를 살려 주는 거."

보람이가 말했다.

민수도 삼색 고양이 구출 작전은 형조에게 들어서 알았다. 미래의 복국 이야기는 형조가 빼놓고 말해서 몰랐지만.

"종로에서 은혜 입고 한강에서 은혜 갚는다……."

민수가 혼잣말처럼 중얼거렸다.

"그 속담, 오리지널은 '종로에서 뺨 맞고 한강에서 눈 흘긴다'잖아? 애먼 데 가서 화풀이하는 거. 우리 할머니가 자주 쓰는 말이거든."

"형조가 말한 건 그거랑 반대 경우 같아서."

"아, 우리는 우리가 받은 행운을 다른 데도 나눠 주자는 거니까?"

보람이는 형조의 계획에 찬성표를 던지듯 '우리'라고 한다.

"우리 어벤저스라도 결성하는 거야?"

"어벤저스는 너무 심각하고, 겸손하게 구조단 정도."

"목표는? 고양이 구하기?"

"고양이 구하는 게 쉬운 일은 아니잖아. 저번엔 어쩌다가 상황이 맞아떨어졌지만."

"고양이가 어려우면 사람은 더 어렵겠지? 우리가 어벤저스도 아닌데."

"고양이도 아니고 사람도 안 되면 뭘 구해?"

다시 침묵. 형조는 극적인 효과를 노리며 뜸을 들이다가 궁금증과 지루함이 교차하는 지점을 포착했다. 손가락을 들어 고깃집 구석을 가리킨다. 민수와 보람이가 손가락 끝으로 시선을 모은다.

"화분이잖아?"

보람이가 말했다.

"행운목 같은데?"

민수가 말했다.

"윤민수, 잘 아네. 부모님이 꽃집 하신다고 했지?"

형조가 말했다.

"응, 화훼원."

"식물을 잘 살리는 금손이시라 그랬고?"

다 죽은 화초도 민수네 부모님 손에서 보살핌을 받으면 살아나고 피어났다. 두 분의 취미 겸 특기였다.

"가만있어 봐, 나 지금 무슨 말인지 알 거 같아. 죽어 가는 식물을 살리자는 얘기구나! 그치? 맞지?"

보람이가 손뼉을 치더니 답을 맞혔다.

"그렇지. 우리는 찾고, 민수네 부모님이 살려 주시고. 윤민수, 괜찮을 거 같아?"

"부모님은 좋아하실 거야."

"나도 좋아! 식물은 죽어 가는 사람보다 흔하잖아. 갇힌 고양이보다 다가가기 쉽고."

"그러니까. 지나가다 보면 가게나 아파트 발코니 같은 데서 죽어 가는 식물이 많더라고. 그때마다 마음이 좀 그랬거든."

형조가 말했다.

"형조야. 혹시 너, 식물이 하는 얘기를 듣는 거야?"

민수가 강아지처럼 순한 눈망울을 하고는 물었다.

"그건 초능력이고. 난 그냥, 죽어 가는 식물을 보면 가슴이 답답해서."

초능력은 아니지만 공감 능력이었다. 말라 죽어 가는 식물을 볼 때마다 씁쓸하고 갑갑했다. 물 좀 줘요. 나 아직 안 죽었어요. 살고 싶어……! 생각해 보니, 그런 목소리를 들은 듯도 싶었다.

초록 식물 구조단

여름 방학이 시작되었다.

세 사람은 보람이네 집 거실의 컴퓨터 앞에 앉아 광고지를 만들었다. 죽어 가는 식물이 있다면 '초록 식물 구조단'에 맡겨 달라는 내용이었다. 어떤 식물이든 살려서 새 삶을 찾아 주겠으며 이 모든 것이 공짜(!)라고 알렸다. 형조는 초록 식물 구조단이란 이름이 촌스럽다고 확신하면서도 내색하지 않았다. 그 이름을 정한 사람이 보람이였으니까. 보람이가 출력 버튼을 누른 다음이기도 했다. 그것도 100장이나.

매주 월수금, 학원 가기 전에 광고지를 돌리기로 했다. 주변에서는 예비 고등학생이라고 겁을 주지만 아직 뭐 중학생이니까. 고등학교 가려면 2학기와 겨울 방학에 내년 봄 방학까지 남았다. 형조와 민수는 공부에 대한 부담을 애써 떨쳤다. 느긋하고 한가로운 보람이는 떨치려야 떨칠 부담감 자체가 없었고.

첫 공략지는 아파트 단지 주변의 가게였다. 한 시간 뒤에 아파트 정문 앞에서 만나기로 하고, 셋은 세 갈래로 흩어졌다.

형조는 상태 나쁜 식물이 있는 곳을 몇 군데 알았다. 아파트 상가의 3층, 미술 학원이 그중 하나였다. 고개를 젖혀 학원을 올려다본다. 창문에 붙어 선 고무나무. 식물에 관심이 없었다면 고무나무인지도 못 알아봤을, 병들어 아픈 나무. 얼마 안 남은 잎은 누렇고 가지는 말라비틀어졌다. 빈 사무실에 갇혀 창밖을 내다보던, 목마르고 배고픈 고양이를 닮았다. 계단을 올라 3층으로 간다. 학원 문을 열자 물감 냄새와 햇빛뿐, 아무도 없다. 고무나무는 창가에 늘어선 이젤과 석고상에 가려 이쪽에서는 보이지 않는다.

"저기요, 저기요?"

첫발을 내딛는 긴장감에 목소리가 갈라진다.

"누구니? 오늘 수업 없는 날인데."

원장실 문이 열리더니 스누피 티셔츠를 입은 여자가 고개를 내밀었다. 원장이다.

"처음 보는 얼굴이네? 상담하러 왔어요?"

원장의 말에 형조는 기습이라도 당한 듯 허둥댔다.

"아, 아뇨. 저는 초, 초록 식물 구조단에서 나왔습니다! 죽어 가는 나무 좀 살려 주세요!"

이 멍청이! '살려 주세요'가 아니라 '살려 드립니다'잖아! 나 정말, 살아날 가치가 있었던 거 맞아? 형조는 자기 자신이 한심했다. 초록 식물 구조단의 (자칭) 리더로서 민수와 (특히) 보람이에게 믿음직스러운 모습을 보여야 하는데. 이 실수담은 발설하지 않고 흑역사의 한 페이지에 묻어 버리기로.

"나무? 여기 나무 있는 건 어떻게 알고?"

"밖에서 보여요."

"아, 그렇겠네. 난 안에서 밖은 봐도 반대로는 안 해서. 나무 갖고 뭐 하게요?"

"살려 드리, 아니, 살려 주려고요. 이 광고지 보시면……."

원장은 광고지를 읽더니 창가로 가서 이젤과 석고상을 치웠다. 형조가 도와줄 새도 없이 금방이었다. 잡동사니 벽이 사라지자 화분이 나타났다. 바닥에 '축 개원'이라고 쓰인 빛바랜 띠가 떨어져 있다. 삼색 고양이처럼 창가에 웅크린 고무나무. 그동안 고생 많았지? 형조는 시들고 지친 나무를 코앞에서 보자 코끝이 찡해진다.

"학생 혼자 들고 가긴 무거울 텐데."

크고 무거운 도자기 화분이었다. 예상치 못한 상황이다. 리더의 자질에 대한 회의에 빠지려는 찰나, 원장이 다른 쪽에 또 한 무더기 쌓인 잡동사니 틈에서 접이식 카트를 가져왔다. 두 사람은 힘을 합해 화분을 카트에 실었다.

"나무 잘 부탁해요. 안 그래도 가끔 생각날 때마다 맘이 편치 않았거든요. 시들시들 죽어 가길래 이렇게 저렇게 애를 썼는데도 안 되니까 그냥 손을 놓게 되더라고요. 살아나면 잘 키워 줘요. 난 자신 없어서."

원장은 작별 인사라도 하듯 누런 잎사귀에 손을 얹었다.

형조는 엘리베이터를 타고 내려가서 상가 앞 화단의 귀퉁이에 고무나무 화분을 숨겨 두었다. 그다음 네 곳을 더 방문했는데, 수확은 작은 베고니아 화분 하나였다.

약속한 시간. 균형이 맞지 않아 덜덜거리는 카트에 고무나무와 베고니아를 싣고서 아파트 정문 앞으로 갔다. 잠시 뒤 민수와 보람이도 나타났다. 한자리에 모인 초록 식물 구조단원 일동은 피식거렸다. 셋 다 상태가 말이 아닌 식물과 함께 왔기 때문이다.

그 뒤로 민수는 식물의 변화 과정을 사진으로 찍어 와서 보고했다. 사람들이 초록 식물 구조단에 누렁누렁 식물을 맡기면 민수네 부모님이 화훼원으로 데리고 가서 초록초록으로 바꾸었다. 땅바닥에 흘린 빵가루처럼 누렇고 버석버석하던 고무나무와 베고니아가 생기를 되찾았다. 수국이 꽃봉오리를 맺었고, 월마도 마른 잎을 떼낸 자리에 새순을 피웠다.

"이거 완전 부활이잖아?"

사진을 본 보람이가 한 말이었다.

오늘의 소감은요

그간 애쓴 초록 식물 구조단원에게 민수네 부모님이 회식비를 지원하기로 했다는 소식.

"뭐 먹을래?"

민수가 묻자 보람이가 대답했다.

"난 복국!"

"웬 복국? 칠순 생일 파티도 아니고."

형조의 입이 튀어나왔다. 복국, 난둘이 먹을 줄 알았더니.

"'또오세요복국'으로 가자. 엄마가 거기 맛있대."

식욕 넘치는 보람이는 형조의 심정을 아는지 모르는지.

"그럴까? 팔손이나무도 갖다드려야 하니까."

민수가 말했다.

"그럼 그래라, 뭐."

형조는 한숨을 삼키며 먼 산이나 바라봤다. 우리 은하계에서 복국만큼 분위기 깨는 음식은 없을 테니 아쉬워할 것도 없고 됐어, 괜찮다고, 아쉬움을 달래면서.

그렇게 해서 세 사람은 또오세요복국에 갔다. 여름 방학이 끝나가는 주말이었다. 민수네 아버지가 트럭에 팔손이나무를 싣고 와서 복국집 안에 옮겨다 줬다. 길고양이가 또 2층에 갇히지 않았는지 건물을 살펴보던 보람이가 고양이 대신 발견한 나무였다. 초록식물 구조단의 이번 활동 마지막 작품이기도 했다. 겨울나무처럼 앙상하던 팔손이나무는 한여름 나무로 거듭나 잎사귀마다 윤이 났다.

"민수, 보람이, 형조. 올여름 고생 많았어. 날씨도 더운데 동네 돌아다니면서 전단 돌리고, 나무 수거하고."

민수네 아버지가 말했다.

"식물들 살려 주셔서 감사합니다."

형조가 말했다. 보람이도 고개를 숙인다. 민수는 자기가 인사를 받은 듯 쑥스러워했다.

"뭘, 얘들이 살아나느라 애썼지. 난 비켜 줄 테니까 맛있게들 먹어. 요즘 애들이 복국을 다 먹을 줄 알고 기특하네."

아버지는 돈을 적당히 넣어 둔 체크카드를 민수에게 맡기고 갔다. 복국 세 그릇은 전화로 예약해 두었다. 인기 있는 집인 데다가 주말이어서 예약은 필수였다.

"어머나, 얘가 이렇게 변했네!"

마을버스에서 형조 옆자리에 앉았던 아주머니가 다가오더니 감탄했다. 앞치마는 먼지 없이 깨끗하다.

"파릇파릇하니 아유, 보기 좋아. 예뻐. 학생들 고마워요. 복국 세 그릇 예약해 놨죠? 내가 사장님한테 말해서 서비스로 복어 튀김 내주라고 할게."

세 사람은 탁자 두 개를 이어 붙인 자리의 바깥쪽에 앉았다. 안쪽 탁자 뒤에 서서 창밖을 구경하는 팔손이나무. 얼마 전과는 달리 건강해진 모습이다.

"기다리는 동안 초록 식물 구조단 1차 활동 보고를 할게."

형조가 스마트폰 메모장 앱을 열더니 적어 둔 내용을 읽었다.

"활동 기간, 총 28일. 수거한 식물 수, 총 27그루. 살아난 식물 수, 총 25그루. 그중 네 그루는 주인 요청에 따라 돌려줬고 나머지는 포기 의사를 밝혔기에 별꽃 화훼원에서 관리하기로 함. 그럼 일동, 떠난 식물을 위해 잠시 묵념."

형조와 민수는 눈을 감고는 끝내 살아나지 못한 식물을 생각했다. 보람이는 묵념은커녕 탁자에 깔린 밑반찬을 집어 먹었다. 아삭

아삭 깍두기 베어 먹는 소리를 참다못한 형조가 눈을 떴다.

"정보람, 넌 왜 안 해?"

"오글거려서 싫어. 난 소감 발표나 할래. 초록 식물 구조단, 완전 재밌었어. 겨울 방학에 시즌 투 하자. 이번 여름엔 말라 죽어 가는 식물을 구했고, 다음 겨울엔 얼어 죽어 가는 식물을 구하는 거야."

"나도 앞으로 뭐든 살리는 사람이 되고 싶다는 생각이 들었어."

민수가 말했다.

"살아 있다는 건 좋은 일 같아. 엄청 행운이잖아. 한편으론 어깨가 무겁기도 하지만."

보람이가 민수의 발언을 보충하더니 형조에게 넌 소감 없느냐고 물었다.

그 순간, 팔손이나무가 기우뚱한다. 나무 옆을 지나가던 손님이 슬리퍼가 벗겨져 휘청이다가 화분에 부딪힌 참이었다. 형조는 특기를 발휘하여 샤샤샥 튀어 나갔다. 그러나 팔손이나무를 붙잡는다는 것이 힘을 잘못 줘서 옆 탁자로 쓰러뜨리고 말았다. 그 바람에 방금 나온 복국 네 그릇이 엎어졌다. 옆자리 손님들은 뜨거운 국물이 허벅지로 흘러내리기 전에 일어나 화상을 면했다. 형조는 잎사귀에 복국 국물과 김칫국물이 묻은 팔손이나무를 붙잡아 일으켰다. 사람들이 웅성거리며 구경하고, 사장이 뛰어오고, 복국에 숟가락도 못 담근 옆자리 손님들은 황당할 뿐이고.

이건 꿈이야. 꿈이어야 한다고! 형조는 현실을 부정하며 머리를 흔들었다.

정신을 차려 보니 가게 밖, 길거리였다. 종업원 아주머니가 뒷정리는 내가 할 테니 얼른 나가서 다른 거 사 먹으라고 셋을 등 떠밀어 내보내 주었다.

먼저 웃음을 터뜨린 사람은 보람이였다. 그 뒤를 이어 민수가 웃음 짓는다. 형조는 초록 식물 구조단 창설자이자 리더로서 망신도 이런 망신이 없어서 벌레 씹은 표정이었다. 복국도 복어 튀김도 못 먹은 빈속이 쓰리다.

"너희들 웃지 마. 내가 오버한 거 아는데, 웃지 말라고."

형조가 울고 싶은 심정으로 말했다.

"어쩌면 좀 전에 너, 네 사람 목숨을 살린 건지도 몰라."

보람이가 말했다.

"옆 탁자 복국에 독이 남아 있었다고 생각해 봐. 복어 독 되게 위험하대. 그걸 윤형조가 확 엎은 거야. 자기도 모르게 네 사람이나 살려 버렸다니까."

"말이 돼? 복국집에서 파는 복국에 무슨 독이 있어!"

형조가 소리치고,

"아주 가끔 남아 있고 그러지 않나? 인터넷에서 본 거 같은데……."

민수가 중얼거리고.

어이없다며 한숨을 내쉬면서도 형조의 표정은 '매우 흐림'에서 '한때 흐림'으로 바뀐다.

"우리 떡볶이 먹으러 가자. 윤민수, 오늘은 비싼 튀김 먹어도 되지? 복어 튀김 못 먹었으니까 단호박 튀김, 새우 튀김 그런 거."

"응. 돼."

아버지의 체크카드를 소유한 민수가 비싼 튀김을 허락했다.

"아 참, 윤형조 넌 소감 없어?"

보람이가 다시 물었다.

"몰라, 까먹었어. 얼른 가자. 튀김 얘기 하니까 배고파."

형조는 '배고파' 뒤에 입버릇처럼 붙이려던 '죽겠어'를 밀어냈다. 이제 죽이는 사람이 아니라 살리는 사람이니까, 그렇게 살고 싶으니까. 골목길 모퉁이를 돌기 전에 뒤를 돌아본다. 또오세요복국. 아아, 다시는 갈 일 없을 또오세요복국. 형조의 소감? 복국 엎었을 때는 지구를 떠나 차라리 우주의 미아가 되고 싶었, 아아, 잠깐. 그 소감 말하라는 게 아니지. 조금 전 일은 나중에 다시 괴로워하기로 하고, 지금은 (현) 초록 식물 구조단의 리더이자 정보람의 (전) 남친으로서 이렇게 말하고 싶었다. 보람이 네 말대로 살아 있다는 것은 기분 좋은 일이라고, 시간을 올해 설로 되돌린다면 영어 특강이 아니라 외계어 특강이라 해도 뿌리치고 너와 함께 파스타를 먹으러 가겠다고 말이다. 그럴 용기는 다른 은하계에 맡겨 놨지만.

"이것 좀 봐 봐."

보람이가 스마트폰을 형조 눈앞에 들이밀었다. 그새 형조의 연락처는 새 이름으로 저장돼 있었다. #으익나도모르게그만살려버렸다!

"야 정보람, 너 진짜!"

형조가 괴로움에 몸부림친다.

보람이가 웃고, 민수가 따라 웃었다. 형조의 입아귀가 주인 마음도 모르고 들썩거린다. 또오세요복국에서는 팔손이나무가 이파리에 맺힌 복국 몇 방울을 초록빛으로 빛내며 웃었다.

다시 그날로 돌아가서, 4월 7일

철근이 버스 유리창을 뚫고 들어왔던 날, 사고가 일어나기 전.

보람이는 친구와 함께 길을 걷는 중이었다. 마을버스가 속도를 줄이며 파출소 앞 정류장으로 다가왔다. 버스 뒷문 쪽에 선 민수가 보였다. 사실은 그 옆 형조가 먼저 눈에 들어왔지만. 형조가 바깥을 보는 순간 보람이는 고개를 홱 돌리고 친구에게 말했다.

"나 버스 타고 갈게."

"갑자기? 수박 주스는?"

"다음에."

"어디 아파? 너 먹을 거 포기하고 그러지 않잖아?"

"뭐래. 내일 봐!"

마을버스가 정류장에 멈춰 선다. 보람이의 걸음이 빨라진다. 앞문과 뒷문이 열린다. 한 사람이 내리고 두어 명이 탔다. 보람이는 서두르지 않는 척하면서 서두르느라고 정신을 집중한 탓에, 자기가 팔로 어떤 대학생의 손을 건드렸다는 사실을 알아차리지 못한다. 대학생의 손에서 지갑이 떨어졌다. 보람이가 버스에 타자 문이 닫혔다. 대학생은 바닥에 떨어진 지갑을 줍느라 버스를 놓친다.

"아 뭐야! 미안하다는 말도 없이!"

대학생은 마을버스 안 보람이의 뒷모습을 흘겨봤다. 버스에 탈 때마다 대학생이 앉는 자리, 맨 뒷좌석의 오른쪽 창가가 비어 있다. 잠시 뒤, 형조가 그 자리를 차지한다.

보람이는 운전석 뒤쪽에 섰다. 스마트폰을 보는 척하면서도 뒷자리로 도망간 형조의 기척에 온 신경이 쏠린다. 형조는 자연스러운 척하려고 애쓰며 창밖을 내다보았다. 어떤 누나가 지갑을 쥔 채 얼굴을 찡그린다. 형조 옆에 앉은 아주머니가 지친 몸을 의자에 파묻는다. 민수는 봉에 매달려 게임에 빠져든다.

형조도 보람이도 민수도 대학생도 아주머니도, 잠시 뒤 무슨 일이 일어날지 몰랐다. 누가 자기도 모르게 누구를 살리고 누가 또 누구 덕분에 살아남을지 아무도 몰랐다.

버스 안, 라디오에서 57분 교통 정보가 흘러나왔다.

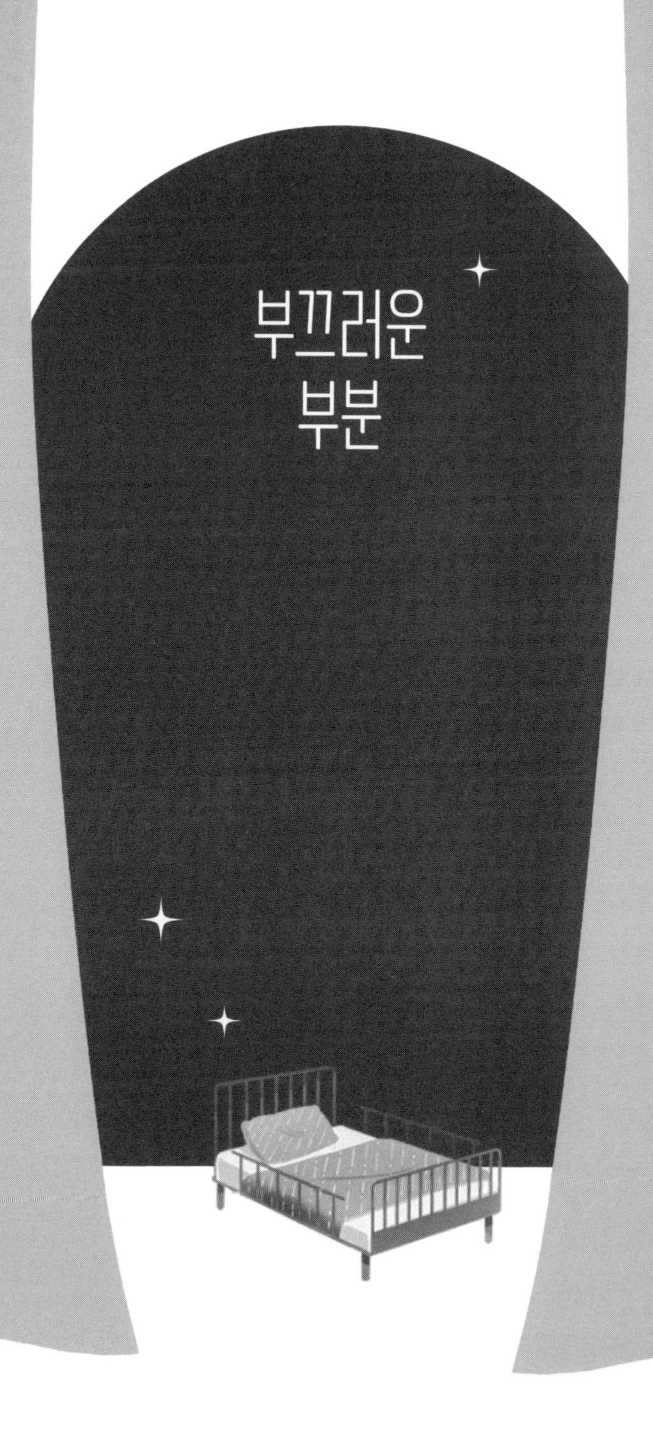
부끄러운
부분

✦

1.

윤표와 루카는 '아무거나 스터디'에서 만났다.

아무거나 스터디란 말 그대로 아무것이나 공부하는 모임이었다. 토요일 아침 10시쯤 한적한 뒷골목의 카페에서 모여, 있고 싶은 만큼 있다가 알아서들 돌아갔다. 한데 둘러앉아서도 각자 다른 공부를 했다. 누군가는 공무원 시험을 준비했고 누군가는 반려동물 관리사 기출 문제를 풀었으며 어떤 사람은 이어폰을 꽂고 터키어를 중얼거렸다. 그런가 하면 열 권짜리 대하소설을 네 번째 읽는 사람, 스티커와 색연필을 가져와 다이어리를 꾸미는 사람, 색종이 접기를 하는 사람도 있었다. 이들이 모이는 카페의 이름은 수술실, 실내로 들어서면 수술실 느낌이 났다. 벽과 바닥을 덮은 마감재는 새하얀 타일이었고, 한가운데에 놓인 커다란 탁자는 스테인리스 재질이었다. 카페 주인은 이 탁자를 '수술대'라고 불렀는데, 그 위쪽 천장에는 수술용 조명까지 달아 놓았다. 화장실 세면대도 발로 레버를 눌러야 물이 나온다.

"진짜 취향 이상해."

빨간 테 안경을 쓴 여자가 중얼거렸다. 색종이로 토끼를 접다가 차가운 스테인리스 탁자에 팔꿈치가 닿은 참이었다.

윤표와 루카는 눈을 마주치면서 웃음 지었다. 두 사람은 이 카페가 재미있었다. 특히 수술실이라는 이름이 그랬다. 하지만 두 사람이 친해진 계기는, 카페 이름이 아니라 그들 자신의 이름이었다.

2.

"안녕하세요, 반갑습니다. 우리 스터디는 뭐 규칙이랄 것도 없고요, 이 가운데 탁자에 앉아서 하고 싶은 공부를 하는 거예요. 만화책을 보셔도 되고 컬러링 같은 걸 해도 상관없어요. 그것도 공부잖아요, 색칠 공부. 단, 서로 이야기를 나눌 분들은 다른 자리를 이용해 주세요."

첫 모임, 스터디를 만든 사람이 인사말을 했다.

이른바 수술대 앞에 앉은 사람은 일곱 명. 그중에서 고등학교 1학년인 윤표가 가장 어렸고, 캐나다에서 온 루카는 유일한 외국인이었다. 루카는 윤표의 옆자리였는데, 서양인이라 나이를 가늠하기

어려웠지만 서른은 넘지 않은 듯 보였다. 나중에 알고 보니 짐작보다 훨씬 어린 스물넷이었지만 말이다.

다들 취향대로 시킨 음료를 한두 모금 홀짝이더니 자기만의 공부에 빠져들었다. 윤표도 책가방에서 문제집을 꺼냈다. 오후 2시까지 학원에 가야 했다. 아침잠이 없어서 토요일에도 일찍 일어나는데 학원 가기 전까지 집에만 있기 답답해서 이 스터디를 선택했다. 공부 주제는 '아무거나'에 모임 장소는 '수술실'이라니, 흥미가 일었다. 윤표의 아버지는 수술을 자주 하는 의사였다. 그 사실이 어쩌다가 알려져서 너희 아버지는 무슨 의사냐고, 어디를 고치시냐고 질문을 받으면 윤표는 이렇게 대답했다. 그냥 뭐, 아무거나.

"실례합니다."

첫날 루카가 윤표에게 말을 걸었는데, 실제로는 '시뤠하미돠아'쯤으로 들렸다. 루카는 창가에 놓인 2인용 탁자를 눈짓으로 가리켰다. 뭘 좀 물어보고 싶다는 뜻이다. 윤표는 나무늘보의 일기장보다 더 지루한 문제집을 푸느니 처음 보는 외국인과 대화를 나누고 싶었다. 어릴 적부터 엄마에게 들볶이며 공부한 덕에 일상 회화쯤은 할 만했으니까.

"혹시 영어 할 줄 알아요? 나는 한국말을 못하거든요."

자리를 옮기자 루카가 미안해하는 표정을 지으며 영어로 말했다. 그러더니 윤표가 수술내에 두고 온 문제집을 바라보았다. 커다랗게 쓰인 글씨, English. 독해 문제집이었다. 윤표는 조금요, 하고 영어로 답했다. 루카의 얼굴이 밝아지더니 말투도 편해진다.

"아까 저 사람이 뭐라고 한 거야? 설명 좀 해 줘."

윤표는 단어를 고르고 문장을 다듬느라 버퍼링을 겪었지만 뜻은 통하는 영어로 스터디 리더의 말을 옮겨 주었다. 루카는 이제 알겠다고, 고맙다고 했다.

"한국말을 못하는데 이 모임은 어떻게 알고 왔어?"

윤표가 물었다.

"친구가 재미있을 거 같으니까 같이 가 보자고 했거든. 오늘 여기서 만나기로 했었어."

루카가 인터넷에서 출력한 지도를 꺼내 보였다. 수술실 위치에 붉은색 동그라미가 선명했다.

"친구? 한국인이야?"

고개를 끄덕이는 루카의 표정이 어두워졌지만 윤표는 궁금증을 이기지 못하고 질문을 이어 갔다.

"친구는 어쩌고 혼자야?"

"내 친구, 내 돈 갖고 도망갔어."

그러면서 루카가 들려준 사연은 이랬다.

돈을 갖고 튀었다는 친구는 캐나다로 여행을 갔다가 루카와 우연히 만나 친해진 사람이었다. 루카는 길고 긴 아시아 여행을 꿈꾸던 차였으므로 새로 사귄 친구가 귀국할 때 한국으로 따라 들어왔다. 오랜 꿈이었다지만 실행은 충동적이었다. 한국에서 두 달, 중국과 일본에서 서너 달, 나머지 반년은 인도네시아와 태국, 라오스, 캄보디아에서…… 이런 헐렁한 일정마저 비행기 안에서 짰다. 친구는 얼마간 루카를 데리고 다니며 이곳저곳 구경도 시켜 주고 자기 집에서 재워 주기도 하더니, 어느 날 루카의 배낭 속에서 현금을 훔쳐 사라졌다. 루카가 집으로 찾아갔지만 그 친구는 이사를 가 버린 다음이었다.

"이제 한국에서 3주 남았어. 신용카드가 있어서 지내는 데는 문제가 없지만 마음이 아파. 큰돈도 아니었거든."

큰돈도 아닌데 왜 마음이 아플까? 그때만 해도 윤표는 루카의 말이 이해되지 않았다.

"그런데 넌 이름이 뭐야? 난 루카 스톤."

"돌멩이 할 때 그 스톤?"

"응, 맞아."

"와, 그럼 나랑 성이 같은 건데!"

"그게 무슨 말이야?"

"내 성이 '석'이거든. 성은 석, 이름은 윤표. 석은 영어로 치자면 스톤이란 뜻이야."

루카의 눈이 휘둥그레졌다. 돌로 만든 순둥이 인형 같다. 아, 저런 눈을 한 사람을 어떻게 배신하고 그러냐. 윤표는 이 외국인이 몹쓸 친구만 믿고서 건너온 깊고 넓은 바다를 떠올렸다.

"이럴 수가, 우린 친구가 될 운명이었네! 반가워, 유……포. 미안,

발음이 이상하지. 그 친구를 만나지 못하리란 걸 알면서도 왔는데, 오길 잘했어. 널 만나려고 그랬나 봐."

루카가 두 눈 가득 웃음을 담고 손을 내밀었다.

"걔는 이름이 뭐야? 돈 갖고 도망간 놈. 나라도 어디선가 마주칠지 모르잖아."

"그냥 나만 알고 있을게. 아직도 내 마음속에서는 친구니까."

함박웃음이 쓴웃음으로 바뀌는 루카.

윤표는 루카의 손을 맞잡았다. 딱딱하고 따뜻했다.

3.

사실 윤표는 자기 이름을 좋아하지 않았다. 석씨여서 싫었다. 초등학교 4학년 때부터 졸업할 때까지, 돌똥꼬라는 별명이 굴러가는 바윗돌처럼 윤표를 끌고 다녔기 때문이다.

사건의 발단은 어느 평화로운 금요일이었다. 윤표는 학교가 끝나자마자 아버지가 일하는 병원으로 갔다. 병원 대기실에는 낡았지만 아늑한 소파가 있었다. 윤표는 아버지가 일러 준 대로 간호사 누나에게 공손히 인사한 다음, 소파에 앉아 게임기를 갖고 놀았다. 학원 가기 전까지 세 판쯤 깰 작정이었다.

문에 매단 종이 딸랑이더니 환자가 들어왔다. 아버지 또래의 아저씨였는데 얼굴을 찡그리고 어기적거리며 걷는 모습을 보니 치질

이 심한 듯했다. 자주 보는 풍경이라 새로울 것도 없었기에 게임기로 시선을 돌리려는데, 익숙한 목소리가 날아들었다.

"야, 석윤표! 너도 똥꼬 터졌냐?"

같은 반인 차세용이었다. 녀석이 작은 눈을 반짝거리면서 윤표에게 다가왔다. 만만한 나무를 발견한 딱따구리 같았다.

"우리 아빠도 똥꼬 팍 터졌거든."

차세용은 진료 카드를 작성하는 아저씨를 가리키며 말했다. 아버지는 아파서 죽을 지경인데 아들은 재미있기만 한 모양이다.

"나? 나, 난 아니야. 그냥 있는 거야. 우리 아빠 병원이거든."

"너희 아빠 의사야? 아빠, 얘네 아빠가 여기 주인이래!"

차세용이 외쳤지만 차세용의 아버지는 진료실로 들어간 다음이었다.

"그렇구나, 석윤표. 너희 아빠, 똥꼬 의사구나."

윤표를 보며 실실거리는 차세용.

똥꼬 의사? 게임기를 쥔 윤표의 손에서 땀이 배어 나왔다. 불길한 예감이 밀려왔다. 차세용은 스마트폰으로 여기저기 메시지를 보내기 시작했다. 4학년 3반 석윤표, 똥꼬 의사의 아들로 밝혀지다!

차세용의 아버지는 다음 날 수술을 받았다. 너무 아프고 급한 나머지, 담당 의사의 아들이 자기 아들과 어떤 관계인지 따질 틈도 없었다. 굳이 창피해할 쪽을 고르자면 차세용이었다. 자기 아버지가 친구 아버지에게 터진 똥꼬를 보여 주었으니까. 그러나 차세용은 그렇게 상투적인 어린이가 아니었다. 아버지의 치질 수술담을 퍼뜨리고 다니는 독특한 성격이었다. 키득대는 이야기 끝에는 이런 말이 붙었다.

"우리 아빠 똥꼬 수술한 사람이 누군지 아냐? 석윤표네 아빠야. 그래, 걔네 아빠 똥꼬 의사야. 맨날 냄새나는 똥꼬나 만진다는 거지. 의사면 뭐해. 고치는 데가 겨우 똥꼰데. 그 자식 잘난 척하더니 겨우 똥꼬 의사 아들이더라니까."

윤표는 의사 아들이라고 잘난 척한 적이 없었다. 꼭 필요하거나 어쩔 수 없는 경우에만 아버지의 직업을 밝혔다. 차세용이 등장하기 전까지 평화롭기만 하던 그 금요일 오후도 그런 경우였을 뿐이다. 아버지의 병원에 찾아온 친구에게 무슨 까닭으로 진실을 숨기겠는가. 대장항문외과 전문의가 부끄러운 직업도 아닌데.

그러나 얼마 지나지 않아, 윤표는 사실을 감추어야 했었다고 후회하게 되었다. 엉덩이가 아파서 혼자 병원에 왔다고 둘러대는 쪽이 나았을 뻔했다. 윤표는 아버지가 오래된 동네의 허름한 의원에서 개미처럼 일하는 똥꼬 의사일 뿐이라고 부끄러워하게 되었다. 차세용은 남이 순수한 마음으로 내놓은 진실과 사실을 웃는 얼굴로 깔아뭉개는 녀석이었다. 한 달이 지나자 전교생이 윤표를 돌똥꼬라고 불렀다. 윤표가 선생님에게 칭찬을 듣거나 좋은 성적을 받으면 차세용은 박수를 치며 외쳤다. 잘했어, 똥꼬 왕자!

집에서 먼 중학교에 배정되었을 때, 엄마는 이런 경우가 어디 있느냐며 분개했다. 어찌 된 일인지 그 중학교에 가게 된 사람은 전교에서 윤표 한 명뿐이었다. 엄마가 화를 내거나 말거나, 윤표는 기뻐서 하늘로 날아오를 지경이었다. 돌똥꼬에서 벗어난다! 똥꼬 왕자의 저주가 풀린다! 그 뒤로 윤표는 아무리 친한 친구라 할지라도 아버지의 진료 과목을 말해 주지 않았다. 돌똥꼬에 똥꼬 왕자라니, 끔찍했다. 몸서리가 쳐졌다. 이제 그 모든 흑역사는 안녕!

아버지는 이런 윤표를 서운하게 여겼다.

"사람한테 귀천이 없듯이 몸에도 창피한 부분이란 없는 거야. 항문 아파 봐라, 삶의 질이 얼마나 낮아지는데. 나한테 치료받고 새 삶을 찾은 사람이 한둘이 아니야. 10년이 다 되도록 설날마다 새해 복 많이 받으시라고 문자를 보낸다니까, 글쎄."

아빠, 무슨 항문에서 새 삶을 찾고 그러세요. 제발 적당히 좀 하자고요! 윤표는 반항하고 싶었지만 참았다. 아버지가 의사라서 싫은 것이 아니었다. 진료 과목이 싫을 뿐이었다. 하고 많은 부위 중에서 항문이 뭔가, 항문이. 심장 전문의, 안과 전문의, 치과 의사. 얼마나 스마트하고 점잖은가. 아버지가 무엇으로 포장하든 항문은 곧 똥꼬였고, 똥꼬는 누가 뭐래도 부끄럽고 창피한 부분이었다.

수술실에서 두 번째로 만난 날, 루카는 자기가 캐나다에서 간호사로 일했다고 밝혔다.

"엄마가 간호사거는. 어릴 때는 병원에 가서 놀고 그랬어. 간호사도 별 고민 없이 선택한 편이야. 남자 간호사가 병원에 꼭 필요한 존재란 걸 자연스레 알게 됐거든."

"나도 옛날엔 아버지 병원에 가서 자주 놀았는데. 우리 아빠는 의사야."

"그럼 너도 의사가 될 생각이야? 아버지 병원을 물려받는다든지, 그런 거."

물려받는다는 거창한 말을 쓰기에는 너무 조그만 의원이기도 했지만, 윤표는 냉혹하리만치 세차게 고개를 저었다.

"아니. 의사가 된다 해도 아버지 병원을 이어받을 생각은 없어. 난 아버지랑 같은 일은 안 해, 네버!"

"왜? 어떤 점이 그렇게 마음에 안 드는데?"

"우리 아버지는 똥꼬 의사거든!"

자기도 모르게 목소리가 높아진다. 루카가 줄곧 여행을 꿈꾸었으면서도 출발은 충동적이었듯이, 윤표는 마음속에서 항상 맴돌던 말을 불쑥 내뱉었다. 다른 사람 앞이었다면 하지 않았을 말이었다. '똥꼬'라는 한국어가 영어 틈에서 돌가루처럼 반짝거렸다. 대하소설을 읽던 대학생이 윤표를 힐끔거렸다.

"똥꼬? 똥꼬가 뭐야?"

윤표를 유포라고 부르는 루카였지만 똥꼬라는 단어만큼은 그럴듯하게 발음했다. 윤표는 똥꼬는 즉 항문이라고 풀이해 주었다.

"그런데 왜? 그게 무슨 문제라도 돼?"

루카가 물었다.

"왜긴, 부끄러운 부분이잖아."

윤표가 답했다.

"그렇지 않아, 유포. 오히려 중요하고 소중한 부분이야." 그러더니 루카는 "너를 만난 게 나한텐 정말, 운명 같은 행운이야. 네가 날 좀 도와주면 좋겠는데……" 하며 사정을 털어놓았다.

4.

윤표와 루카는 계단을 내려왔다. 건물 출입구에 다다랐을 때, 1층 카페에서 나오던 소미와 마주쳤다. 소미는 텀블러에 꽂은 스테인리스 빨대로 음료를 빨아 먹으며 윤표를 보더니, 옆에 선 루카에게 시선을 옮겼다. 루카는 시원하기도 하고 아프기도 하다는 표정으로 허리에 손을 얹은 채였다. 소미의 눈길이 마지막으로 향한 곳은 2층에 달린 간판, 석외과. 3층은 빈 사무실이었다. 윤표는 6년 전 금요일이 떠오르면서 가슴이 철렁했다. 그간 한 번도 아버지 병원에 오지 않았고, 그런 까닭으로 아는 사람과 마주친 적도 없었는데. 하필 오늘! 하필 소미와!

"고마워, 유포. 수술은 안 해도 된다니 마음이 가벼워졌어. 이번 주에도 수술실에 올 거지? 내가 한턱낼게."

루카의 말이 끝나자마자 지하철역으로 가는 버스가 왔다. 윤표가 일러 둔 마을버스였다. 루카는 윤표에게 손을 흔들어 보이고서 차에 탔다.

마을버스 정류장이 있는 골목길, 3층짜리 작은 건물 앞. 몇몇 행인이 지나갔지만 윤표는 이 세상에 자신과 소미, 단둘뿐인 것만 같았다.

"오랜만……이네."

갈라지고 떨리고, 어색한 목소리다. 그러니까 이렇게 가까이에서 보기는 오랜만이라는 뜻이었다. 윤표와 소미는 중학교 2학년 때 같은 반이었고, 지금은 같은 학원에 다닌다. 같은 반일 때는 몇 마디 나눠 보지도 못했고 요즘은 멀리서 스치기만 하는 소미. 코앞에서 보니 (더) 귀엽고 (더) 예쁘다. 뭔지는 모르겠는데 향긋한 냄새도 난다.

"너, 어디 아파?"

소미가 물었다.

대장, 항문, 치질, 내시경. 석외과 창문에 붙은 글씨였다. 야, 너희 아버지 똥꼬 의사라며? 돌똥꼬래요, 똥꼬 왕자래요! 아이들이 놀리던 목소리가 귓가에서 웅웅댔다. 윤표는 열한 살 꼬맹이로 돌아가 작은 마음과 작은 심장을 하고서 침을 삼켰다. 정신 차리고 침착하게 굴어! 여기는 병원 밖이라고. 사실대로만 말하면 돼. 열일곱 살이라는 지점까지 윤표를 끌고 온 성장 호르몬이 윤표를 꾸짖었다. 뜨끈한 땀이 겨드랑이를 타고 흐른다.

"아니. 나 말고, 루카."

진실이고 사실이다. 아무래도 치질 같다며 너희 아버지 병원에 데려가 달라고 부탁한 쪽은 루카니까. 자기를 도와 달라며 지난주 토요일에 밝힌 사정이었다.

"루카? 조금 전 그 외국인?"

"응. 어쩌다 알게 된 형인데, 병원에 같이 가 달라고 해서. 한국말을 못하거든."

"오, 석윤표. 너 통역도 해?"

소미가 초롱초롱한 눈빛으로 윤표를 바라봤다.

"통역까진 아니고 그냥 조금."

아버지는 차트에 영어로 끼적이는 의학 용어에는 능통했지만 회화는 초등학생 수준에도 못 미쳤다. 청동기 유머대로, 교통사고를 당해 쓰러졌는데 경찰이 와서 '하우 아 유?' 물으면 자동적으로 '아임 파인 땡큐, 앤 유?' 대답하는 수준이랄까. 윤표는 아버지와 루카 사이에 오가는 말을 각자의 모국어로 옮겨 주었다.

윤표와 소미는 어느새 나란히 서서 길을 따라 걷고 있었다. 윤표는 내 운명과 행운은 이것이 아닐까, 가슴이 두근거렸다. 이 순간이 꿈만 같다. 그러면서도 소미가 석외과와 자기 이름의 관계를 알아차릴까 봐 조마조마했으나, 마침내 골목길을 벗어난다. 석외과의 영역에서 도망쳤다. 소미에게 1나노미터쯤 다가서며 어깨를 편다. 별다른 기미가 보이지 않으니 대장, 항문, 치질 전문가의 아들이라는 정체가 탄로 날 고비는 넘긴 듯하다. 거기다가 본의 아니게 영어 실력까지 뽐냈다. 여유로워지는 윤표.

"그럼 루카라는 남자, 거기가 아픈 거겠네?"

소미가 말했다.

윤표는 큭 웃고 말았다. 내시경 화면이 떠올라서였다. 루카는 바지와 속옷을 내린 채 태아처럼 옆으로 웅크리고는 진료대에 누웠다. 윤표는 루카의 부끄러운 부분을 실수로라도 보지 않으려고 등을 돌리고 섰지만 소용이 없었다. 루카의 몸속을 탐험하는 내시경 화면이 모니터에 생중계되었으니까. 엉덩이 사이에 난 털까지 올올이 비추던 내시경. 그 짧고 억센 털이 생각나 버렸다.

"너 뭐 재미있는 거 봤구나?"

소미가 멈춰 서더니 추궁했다. 윤표는 아니야, 아니야, 부정했지만 늦었다. 뭔데, 말해 줘어, 뭘 봤는데에, 소미가 윤표를 재촉했다. 윤표는 무장 해제되었다.

"루카, 똥꼬에 털 났더라."

"뭐?"

소미가 눈을 깜빡거리더니 웃기 시작했다.

아이든 어른이든 웃게 하는 마법의 단어, 똥꼬. 아이는 소리 내어 웃고 어른은 소리 죽여 웃을 뿐이다. 소미는 발까지 구르며 웃었다. 윤표도 소미를 따라 웃으며 해방감에 휩싸였다. 똥꼬, 똥꼬, 똥꼬! 몇 번이든 외치고 싶었다. 똥꼬 따위에 얽매여 살았다니. 별것도 아닌데, 아무것도 아닌데. 똥꼬, 똥꼬, 똥꼬! 그런데 그 순간,

루카가 떠올랐다. 너무 아프다며 자기를 도와 달라던 간절함, 고마움으로 반짝이던 눈빛. 윤표는 헛기침을 하는 척하며 웃음을 멈췄다. 실컷 웃어 놓고는 그걸 주워 담고 싶은데 이걸 어쩌지, 소미는 아직도 깔깔대는 중. 소미를 따라 웃다가 루카 생각에 표정 관리를 했다가, 윤표는 오락가락한다.

학원으로 걸어가는 동안 두 사람은 한 발짝에 1미터씩 마음의 거리를 좁혔다. 윤표는 루카를 아무거나 스터디에서 만났다고 말했다. 소미는 스터디에 관심을 보였다.

"재밌겠다! 나도 한번 가 볼까? 루카랑 인사도 하고 말이야. 영어는 못하지만, 네가 있으니까."

토요일마다 소미를 보게 된다니, '네가 있으니까'라니! 윤표는 잠시 고민했지만 염려를 떨쳤다. 루카와 소미가 마주친들 문제가 생길 일은 없었다. 본인들이 밝혔듯이, 루카는 한국어를 못하고 소미는 영어를 못한다. 윤표가 다리를 놔 주지 않으면 두 사람은 말이 통하지 않는다.

"그럴래?"

윤표는 소미의 아무거나 스터디 가입을 축하하는 의미에서 손을 내밀었다. 어디서 그런 용기가 튀어나왔는지. 소미는 자기 손바닥을 윤표의 손바닥에 살짝 부딪혔다. 아아, 그것으로 충분했다. 부드럽고 따뜻했디.

5.

루카는 약속대로 한턱냈다. 윤표는 수술실의 창가에 앉아 카페라테를 마시고 쿠키를 먹었다. 그날따라 아무거나 스터디에 나온 사람은 리더를 빼면 둘뿐이었다.

카페 문이 열리고 소미가 들어왔다. 10초에 한 번씩 문을 힐끔거리던 윤표는 손을 들어 소미를 반겼다. 소미 뒤를 이어 여자애 두 명이 더 들어온다. 아아, 혼자 올 줄 알았는데. 윤표는 아쉬웠지만 그쯤에서 만족하기로 했다. 오긴 왔으니까, 토요일 오전에 소미를 보게 됐으니까.

소미는 윤표가 가르쳐 주지도 않았는데 친구들을 수술대에 앉혔다. 그러더니 윤표에게 다가온다.

"이 사람이 그때 그 똥꼬지?"

윤표가 소미와 루카 사이에 통역의 다리를 놓으려는 찰나, 소미가 말했다. 말릴 새도 없었다.

윤표는 얼어붙었다. 뒤에서 소미 친구들이 웃었다. 소미 입에서 똥꼬라는 말이 나오다니, 예상치 못한 상황이다. 루카가 소미를 봤다가 윤표를 봤다. 아 씨, 어쩌지? 루카도 아는 말, 윤표 자신이 알려 준 말이었다. 소미는 루카에게 하이, 인사하더니 뒤돌아서 폴짝 뛰듯이 친구들에게 갔다. 몇 번이나 똥꼬라는 단어와 함께 킥킥거리는 웃음소리가 들려왔다. 윤표의 얼굴은 붉어졌다가 허예졌다가 흙빛이 되었다. 윤표는 바늘이 박힌 전신 쫄쫄이라도 입은 듯 온몸이 따끔거렸다.

"이런 말 하기는 좀 그렇지만, 유포."

한참이나 창밖을 내다보던 루카가 말했다.

"그래, 맞아."

윤표는 무릎 위에서 두 주먹을 쥐고 용기를 쥐어짰다. 맞자, 비난의 매를 맞자.

"재한테 내가 말했어."

그러자 루카가 낮은 목소리로 물었다.

"왜 그랬어?"

왜 그랬을까. 머릿속에서 핑계와 변명이 녹슬고 구부러진 바늘처럼 뒤엉켰다. 그 안에서 실마리를 잡으려 하면 할수록 윤표는 손가락을 찔리며 허둥댈 뿐이었다. 대체 왜 그런 거야, 석윤표! 오래전으로 돌아가 차세용에게도 묻고 싶었다. 너, 왜 그랬냐.

"나는 창피하지 않아. 내 몸의 일부를 부끄러운 부분이라고 말한 사람은 유포, 너야."

네 아버지 병원에 가서 진료를 받고 싶다고 말하던 날, 루카는 몇 번이나 똥꼬라는 말을 썼다. 그때 윤표는 사람들 눈치를 보면서 루카를 말렸다. 루카, 그냥 영어로 말하는 게 좋겠어. 거긴 부끄러운 부분이니까. 그러던 윤표가 며칠 뒤에는 소미 앞에서 '똥꼬, 똥꼬, 똥꼬!'를 외칠 뻔할 만큼 오탕해실 줄 누가 알았겠는가.

"유포, 그건 비밀도 아니었어. 별것도 아닌 일이었다고."

유포라는 엉터리 발음이 윤표의 마음을 파고들었다. 다른 사람의 비밀을 나팔 불며 유포하는 가벼운 입. 루카에게는 아픈 항문이 두통과 다를 바 없었지만 윤표에게는 그렇지 않았다. 윤표는 그 아픔을 루카의 비밀이라고 여겼다. 그랬으면서도 소미에게 발설했다. 친구가 돈을 훔쳐 갔다면서, 큰돈이 아니어서 슬프다고 한 루카의 말이 무슨 뜻인지 이제야 깨닫는다. 루카의 이름 모를 친구는 푼돈을 얻으려고 우정을 버렸다. 루카는 자기가 친구에게 그 정도밖에 안 된다는 생각에 마음 아팠을 것이다. 윤표는 고개를 숙였다. 정작 루카 자신은 비밀로도 여기지 않는 통증을 루카 뒤에서 웃음거리로 삼으며 킬킬거렸다니. 얼굴이 뜨거워진다. 내가 한 짓이 좀도둑질보다 나을 게 뭐야? 지금 루카의 마음이 돈을 도둑맞은 지갑만큼이나 텅 비어 있지는 않을지 걱정스러웠다.

"나 이틀 뒤에 떠나. 너희 아버지가 처방해 준 약, 효과 좋더라. 거의 다 나았어. 안심하고 떠난다."

"저기, 루카……."

"걱정 마, 유포. 난 어디 가서든 네 이름을 말하지 않을 거야."

루카가 끝끝내 이름을 알려 주지 않은 친구. 그 사람은 루카의 돈을 훔쳤다. 그렇다면 나는 무엇을 훔쳤지? 윤표는 답을 몰랐다. 잃어버린 볼펜을 책상과 벽 틈새에서 찾듯이, 어느 날 문득 깨닫게 되리라 짐작할 뿐.

"미안해요."

윤표가 모국어로 말했다.

"미안해요, 루카 형."

루카가 고개를 끄덕였다. 기쁘지도 슬프지도 않은, 가늠할 길 없는 표정이었다. 소미와 친구들은 어느 결에 조용해져서는 음악을 듣거나 책을 뒤적였다.

윤표는 루카처럼 창밖을 바라보았다.

아프다. 어디인지는 모르겠으나 아프다. 아픈 자리, 그곳이 윤표에게는 부끄러운 부분이었다.

괜찮아질
예정이야

✦

1.

개는 수영장에 잉크 한 방울만 떨어져도 그 냄새를 구별할 수 있다고 한다. 쪼쪼에게 나는 이 세상에 떨어진 잉크 한 방울과도 같았다. 쪼쪼는 언제 어디서든 나를 알아봤다. 나를 이해하고 기다려 주었다. 내가 울고 있으면 쪼쪼가 다가와서 뺨에 차가운 코를 댔다. 그러면 간지러워서 웃음이 나왔다. 기분 좋은 날이면 우리는 손과 앞발을 붙잡고서 춤을 추었다. 산책을 하러 나가면 쪼쪼는 온갖 냄새를 맡는 틈틈이 내 표정도 살폈다.

돌 무렵이었다. 나는 엄마 등에 업혀 집 밖으로 나갔다(고 하지만 기억나지는 않는다. 전해 들은 이야기라서). 아빠는 재활용 쓰레기를 한 아름 안은 채였다. 아파트 단지의 쓰레기장에서 낑낑대는 소리가 들려왔다. 가서 보니 태어난 지 두어 달쯤 된 강아지였다. 누군가 양말 상자에 담아서 버린 믹스견.

"쪼! 쪼! 쪼!"

나는 포대기 속에서 버둥거리며 강아지를 가리켰다.

"줘? 뭘 줘? 강아지 너한테 줘?"

엄마의 해석이었다.

"그게 아니라 '조! 조!' 이러는 거 같은데? 재도 오늘부터 조씨다, 이거지."

이건 아빠의 해석.

아빠는 쓰레기를 버리고는 양말 상자를 가져왔고, 그 안에 웅크린 강아지를 꺼내어 내게 만지게 해 주었다. 어린 딸이 어린 강아지를 떨어뜨릴까 봐 두 손으로 강아지 엉덩이를 받치는 일도 잊지 않았다. 그날부터 강아지는 우리 집 막내가 되었다. 성은 조, 이름은 쪼쪼.

조쪼쪼는 무척 사려 깊고도 영리했고, 가끔 나를 보면서 짖을 때면 내 귀에는 꼭 '언니! 언니! 언니이!' 하는 소리로 들렸다. 나는 쪼쪼가 사람 말을 할 줄 안다면 무슨 이야기를 들려줄지 궁금했다. 쪼쪼가 사람만큼 오래 살면 좋겠다는 생각도 했다. 그러나 쪼쪼는 사람이 아니라 개였고, 아무런 말도 남기지 않고서 열네 살에 죽었다. 두 달 전, 여름 태풍이 물러가고 며칠 만에 눈부시도록 화창한 일요일 아침이었다.

올봄부터 쪼쪼는 아팠고 나아지는가 싶다가 더 나빠지면서 힘겨워했다. 그래도 쪼쪼가 올해도 넘기지 못하고 떠날 줄은 몰랐다. 아직 열네 살인데, 못해도 이삼 년은 더 살아야 하는데. 쪼쪼는 내가 일요일 늦잠도 거르고 일어나 아침 인사를 하러 가자, 방석 위에 엎드려서 나와 눈을 맞추었다. 그것이 마지막이었다. 무릎을 꿇고는 쪼쪼를 온몸으로 품어 안았다. 내 몸은 따뜻해지는데 쪼쪼 몸은 식어 갔다. 쪼쪼가 무지개다리를 건너 먼 곳으로 떠나는 모양이었다. 가지 마, 나랑 더 있어. 내 온기와 심장 박동을, 그럴 방법만 안다면 목숨까지 나눠 주고 싶었다. 내 강아지 동생 쪼쪼.

쪼쪼가 떠나자 세상은 빛깔을 잃은 잉크처럼 텅 비었다. 쪼쪼 역시 나에게 잉크 한 방울과 같은 존재였나 보다. 내 하루하루에 스며들어 날과 달을 따뜻하게 물들이던 고운 빛깔.

"마음이 너무 이상해. 휘잉 바람 부는 소리가 들려."

학원 가기 전, 분식집. 나는 파가 떠다니는 어묵 국물을 휘저으며 서영이에게 말했다. 입맛도 의욕도 없다. 저녁을 먹고 학원에 가야 하지만 수업 듣기도 귀찮다. 턱을 괴고 앉아 창밖이나 바라보겠지. 세상은 지금, 초가을.

"세상이 빈집처럼 텅텅 빈 느낌이야. 뭘 하든 오조오천오백 번째 다이어트 같아."

집에 가도 꼬리야 빠져라 궁둥이를 흔드는 쪼쪼가 없는데, 책상에 앉아 숙제를 하다가 뒤를 돌아봐도 쪼쪼가 없는데, 학원이 무슨 소용이고 참치김밥은 어디다 쓸까. 쪼쪼가 가장 좋아하던 간식이 참치와 연어를 섞은 통조림이었다. 이빨에 치석이 끼든 말든 실컷 먹일걸, 후회스럽다.

"오늘은 그냥 넘어가나 싶더니 또 쪼쪼 얘기야?"

서영이가 참깨 묻은 젓가락을 탁, 내려놨다. 먹던 젓가락을 놓다니, 보통 일이 아니다. 나는 그제야 긴장하고 서영이를 바라봤다.

"우리 집도 개 키우지만 난 정말 너처럼은 안 할 거 같아. 맨날 울상에 한숨만 푹푹 쉬고, 입만 열면 허무하다, 믿기지 않는다, 기운 빠지는 소리나 하고. 두 달이면 진상 그만 부릴 때도 됐거든? 넌 앞에 앉은 나보다 죽은 쪼쪼가 중요하지? 내 기분 같은 건 관심도 없지?"

나는 서영이를 노려봤다. 화가 나서가 아니라 눈을 깜빡이면 눈물이 흘러내릴 것 같아서였다. 절친 김서영, 일곱 살짜리 까칠한 푸들 초코와 사는 김서영. 넌 날 이해할 줄 알았는데. 부모님과는 쪼쪼 이야기를 나눌 시간이 없다. 엄마 아빠는 같은 회사의 다른 부서에서 일하는데, 아빠 말에 따르면 눈 뜨고 코 베여도 신고할 시간도 없을 만큼 항상 바쁘다. 초등학교 고학년 때부터 쪼쪼는 내가 돌봤다. 놀아 주기, 밥 주기, 산책시키기 등등.

"그게 아니라 내가 지금 펫로스 증후군이라서 그렇다니까. 반려동물이 죽고 나서 겪는 우울감과 상실감! 찾아봤는데 그거, 스트레스가 장난 아니래."

"아 진짜, 그만 좀 하라고! 너 때문에 내가 우울증 걸릴 거 같다고!"

서영이가 자리를 박차고 일어나더니 분식집 밖으로 나갔다.

나는 유리 너머로 서영이의 뒷모습을 바라보았다. 진상 부려서 미안. 그렇지만 난 내가 이상하다고 생각하고 싶지는 않아. 사람은 아니지만 14년 동안 함께 산 가족이 죽었는데, 두 달쯤 지났으면 슬픔이고 그리움이고 잊어야 돼? 아니잖아. 마음이란 그런 게 아니잖아.

나도 불안하고 무기력한 상태에서 벗어나 한 발짝 앞으로 나아가고 싶었다. 하지만 쪼쪼를 다 쓴 비닐봉지처럼 구겨서 서랍 구석에 쑤셔 넣고 싶지는 않았다. 내 눈에 안 보이니 그만이라며 홀가분해지기는 싫다. 쪼쪼를 마음속에 간직하고도 평온해지는 것. 고구마 토핑을 추가한 불고기 피자 한 판을 먹고도 살이 찌지 않는 일만큼이나 어렵게만 느껴졌다.

2.

서영이는 학교에서든 학원에서든 나를 본체만체했고, 나는 그런 서영이를 놔두었다. 미안하다는 말을 하기 싫어서가 아니었다. 두 달 동안 징징댄 일을 사과한다 해도 그다음에 '오래 기다리셨습니다, 주문하신 조혜립니다' 하고 서영이가 원하는 예전 모습으로 돌아갈 자신이 없었다. 말만 내뱉고 행동이 뒤따르지 않는다면 서영이의 화만 돋울 뿐이었다.

강아지 동생 조쪼쪼도 없이, 단짝 김서영도 없이, 바쁜 엄마 아빠도 없이, 조혜리 혼자만 있는 시간이 찾아왔다. 눈을 감고 침대에 누워 쪼쪼를 떠올렸다. 쪼쪼는 어디 안 가고 내 마음속에 있어, 난 혼자가 아니야, 되뇌면서. 하지만 난 혼자였다. 눈물이 흘러내려 귓속으로 들어갔다. 쪼쪼가 있었다면 달려와서 눈물을 핥으며 날 간지럼 태웠을 텐데, 웃게 해 줬을 텐데.

내 마음을 몰라주는 서영이도 밉고 회사 일만 신경 쓰는 엄마 아빠도 원망스러웠다. 아무도 모르게 사라지고 싶었지만 그건 좀 무서우니까 다른 방법으로 행방이 묘연해지기로 했다. '행방이 묘연', 이 와중에 고급 표현이다. 스마트폰으로 통신사 홈페이지에 접속했다. 해지는 뒷감당이 안 되고 번호라도 바꾸자. 전화번호 변경 코너로 들어가니 원하는 번호 네 자리를 입력하라고 했다. 아무 숫자나 찍었다. 주인 없는 번호가 몇 개 뜬다. 아무 번호나 골랐다. 기존 번호로 전화를 건 사람에게 바뀐 번호를 안내해 주는 서비스? 칫, 됐거든요!

나는 5분 만에 새 번호로 거듭났다. 기분이 상쾌하기는커녕 더 칙칙해졌다. 이제 내 번호는 나밖에 모르는데 나마저도 그 번호를 못 외운 상태다. 전화번호부에 저장된 연락처를 지우고 카톡, 페북도 삭제했다. 연락하고 지내는 사람도 몇 안 되니까 뭐. 그런데도 아쉽고 쓸쓸하다. 벽을 향해 으아아아아악! 소리를 질렀다. 이웃집에서 항의하러 올까 봐 가슴이 두근거렸지만 아무 일도 일어나지 않았다. 옆집 오지라퍼 할머니라도 현관문을 두드려 주었으면 했는데. 쪼쪼가 가니 나쁜 일조차 일어나지 않는구나. 모든 것이 쫄쫄 굶은 배처럼 텅 비었구나. 페북과 카톡을 다시 깔았다. 외톨이가 된 느낌, 별로였다.

카톡 프로필로 쓸 쪼쪼 사진을 고르느라 한 시간이 갔다. 사진 수백 장 속에서 쪼쪼는 하나같이 예쁘고 귀여웠다. 반려견 놀이터에 데려갔던 어린이날, 귀를 펄럭이며 뛰어다니다가 잠시 멈춘 쪼쪼. 그 사진을 프사로 등록했다. 쪼쪼는 나를 보며 입을 벌린 채 웃고 있었다.

그때, 카톡 메시지가 왔다.

- 누구세요? 언니????? 아니지?

이건 또 뭐야? 메시지 보낸 사람을 확인해 보니 앨범에 셀카가 수두룩하다. 초딩, 모르는 얼굴. 다른 여자애랑 찍은 사진도 있는데 걔는 내 나이쯤? 얘 언니인가? 자기 언니를 왜 여기서 찾아.

- 누구세요?

내가 묻자,

- 저는 정해솜인데요, 다솜 언니 아니죠? 이거 우리 언니 번혼데…

대화가 시작되었다.

- 방금 전에 번호 바꾼 건데…
- 아, 엄마가 해지했나 봐요. 죄송해요. 갑자기 프사가 바뀌니까 아닌 거 알면서도 혹시나 해서…

얘네 엄마는 왜 딸 전화를 해지했을까. 정다솜이 스마트폰으로 게임이나 페메만 하고 놀아서? 아니면…… 가슴속으로 모양 없는 깨달음이 스치고 지나갔지만 나는 그 어두운 그림자를 무시했다.

- 강아지 이름이 뭐예요? 예뻐요.

싸해진 가슴을 치고 들어오는 한 방에 나는 무너졌다. 쪼쪼한테 예쁘다잖아. 이름이 궁금하다잖아. 정해솜이 엄마 아빠보다, 서영이보다 가깝게 다가왔다.

- 쪼쪼. 이젠 없지만.

카톡 말풍선에서 1 표시가 지워졌지만 5분이 지나도록 답이 없었다. 입안에 쓴 침이 고인다. 알지도 못하는 애한테 괜히 주접떨었다. 내 이름도 말해 주지 말고 쪼쪼 이름도 나만 알고 있을걸. 스마트폰을 베개 밑에 파묻으려는 찰나, 답이 왔다.

- 우리 언니도요…

쿵, 누가 두드리기라도 한 듯 심장이 내려앉았다. 애써 외면하려 한 짐작이 들어맞는 순간이었다.

3.

어쩌다 보니 해솜이와 나는 그날 이후로도 계속 메시지를 주고받게 되었다. 해솜이는 중1이었지만 카톡에 올린 사진은 작년, 6학년일 때 찍었다고 했다. 알고 보니 우리는 같은 도시에 살았다. 집은 끝에서 끝이었지만 그 중간 지점에 있는 공원은 둘 다 가 본 적이 있었다. 해솜이의 언니 다솜이는 올봄 교통사고로 세상을 떠났다. 쪼쪼가 암 투병을 시작했을 무렵이었다. 개도 암에 걸리느냐고 해솜이가 물어서 나는 개도 암에 걸린다고 대답했다. 쪼쪼가 아프기 전에는 나도 몰랐던 사실이다.

나와 다솜이는 열다섯 살, 해솜이와 쪼쪼는 열네 살이었다. 다솜이와 쪼쪼는 나이를 먹지 않겠구나, 영원히 열다섯 살과 열네 살에

머무를 테니까. 스마트폰 자판에 양쪽 엄지손가락을 얹은 채로 생각했다. 해솜이는 스무 살이 되고 마흔 살이 되고 늙어 할머니가 되어도 열다섯 다솜이의 동생이겠지. 쪼쪼가 언제까지나 내 동생인 것처럼.

- 그냥 반말해도 되는데…
- 하고 있는데?
- 악 그렇네요 ㅋㅋㅋㅋ 그럼 언니라고 불러도 되죠? 벌써 그러고 있지만…
- 응. 근데 나 질문.
- ?
- 나랑 비교하면 안 억울해? 나는 개지만 너는 언니잖아. 떠난 가족 말이야.
- 음… 우리 언니가 예전에 그랬는데요, 마음은 크기나 깊이를 잴 수가 없대요. 그러니까 나한테 소중한 걸 다른 사람한테 소중한 거랑 비교할 필요도 없대요.

나는 해솜이가 버스로 한 시간 40분이 걸리는 동네에서 한 자씩 찍어서 보낸 글자를 바라보았다. 사진으로만 얼굴을 아는 해솜이. 그리고 해솜이의 언니, 다솜이. 반년 전 세상을 떠난 다솜이가 남긴 말이 오늘 이 순간, 해솜이를 거쳐서 나에게 왔다.

- 나 요즘 언니가 쓰던 크림 발라요. 얼굴에서 언니 냄새가 나요.
- 나도 맨날 쪼쪼 방석 냄새 맡는데. 냄새가 자꾸 희미해져.
- 어떡해요? 화장품은 또 사면 되는데 쪼쪼 냄새는 안 팔잖아요.
- 방석을 비닐봉지에 넣어서 꽁꽁 묶어 놓을까? 냄새 날아가지 말라고.

결국 쪼쪼의 냄새는 새처럼 연기처럼 날아가겠지. 내 마음속에만 온기처럼 얼룩져 남겠지. 나도 그쯤은 안다. 아직은 마음 바깥에서도 쪼쪼의 흔적과 마주치고 싶을 뿐이다.

- 납골당 가서 언니 옆에 스마트폰 놔두고 올까 봐요.
- 그건 왜?
- 우리 언니는 항상 와이파이가 터지거든요.

사고를 당하기 며칠 전, 다솜이는 고데기로 머리를 말다가 뜨거운 봉에 팔을 데었다고 했다. 와이파이 모양을 닮은 화상 자국이 팔목에 남았다. 자주 있는 일이었다. 안테나가 세 개 뜬 와이파이는 다솜이와 함께 사라졌을 테고 해솜이도 그쯤은 안다. 얘도 아직은 마음 바깥에서 언니와 닿고 싶을 뿐.

- 다솜이는 무서워하는 거 없었어? 쪼쪼는 길바닥에 뚫린 배수구

있잖아, 쇠창살로 덮은 구멍. 그걸 엄청 무서워했거든. 발 빠질까 봐 못 밟고 빙 돌아갔어.

- 우리 언니는, 가지요. 가지 삶아서 양념한 반찬.
- 윽 가지나물! 흐물흐물 물컹물컹.
- 어릴 때 억지로 먹은 날엔 가지 괴물 꿈까지 꿨대요. 얼마 전 급식에 가지 튀김 나왔는데 바삭바삭 맛있었어요. 그건 언니도 안 무서워했을 거 같아요. 하늘나라엔 가지나물 같은 거 없겠죠?
- 아무래도.
- 배수구도 없을 테니까 걱정 마요, 언니.

그즈음 어느 날, 학교에서 서영이가 내 자리로 왔다. 팔짱을 끼고 가느스름하게 뜬 눈으로 나를 노려본다. 얘도 눈물을 참는 중인가 해서 살펴봤지만 서영이 눈에 물기라고는 없었다. 아, 김서영은 안구 건조증이지.

"조혜리. 너 좀 달라진 거 같은데?"

"뭘, 난 뭐 맨날 나지."

나는 부끄러운 줄도 모르고 중2병 멘트를 날렸다. 시시콜콜 수다를 떨다 보면 해솜이에게 위로를 받을 때가 많았지만 아무리 그래도 서영이는 서영이였다. 내 일상에서 서영이의 빈자리는 신생 유적처럼 보존되어 있었다.

"이제 괜찮아진 거야?"

"그래 보여?"

"그럼 좋겠단 거지. 나도 나름 걱정하고 있다고."

그러더니 서영이가 덧붙였다.

"너 번호 바꿨어?"

쉬는 시간, 서영이가 화장실에 간 틈을 타서 걔 국어 교과서에 포스트잇을 붙이고 왔다. 바뀐 내 전화번호였다.

- 혹시 다 잊고 싶어? 괜찮아지고 싶어?
- 괜찮아지고 싶지만 잊고 싶진 않아요. 언니를 내가 왜 잊어요? 우리 언니잖아요.
- 그건 나도 그래. 쪼쪼를 잊어버리는 건 싫어. 괜찮아지는 건 괜찮지만.
- 혜리 언니랑 이런 얘기 할 수 있어서 좋아요. 엄마 아빠한텐 못 하거든요. 언니 이름만 꺼내도 너무 막 슬퍼해서.
- 나도 부모님이랑은 아무 얘기도 못 해. 우주에서 최고로 바쁜 사람 핫 100을 연속 200주쯤 하고 있거든.

엄마 아빠는 쪼쪼가 없는데 아무렇지도 않을까? 우주 최강으로 바빠도 밥 먹고 커피 마시고 화장실은 갈 텐데 쪼쪼 생각은 3초, 2초, 1초도 안 할까? 큰딸 이름만 들어도 눈물을 흘린다는 해솜이네 부모님은 어떨까. 그분들은 해솜이보다 더 괴롭고 아플까? 동생이 아니라 부모이기 때문에? 아이가 아니라 어른이라서? 나는 다솜이가 했다는 말을 떠올리고는 그 답을 짐작했다. 마음에서부터 소중한 것은 크기도 깊이도 잴 수 없으니 비교할 필요가 없다. 슬픔도 마찬가지겠지.

4.

- 언니 번호가 원래는 우리 언니 거잖아요. 처음엔요, 지금 나랑 얘기하는 사람이 다솜 언니면 얼마나 좋을까, 그랬어요.
- 내가 다솜이였으면 좋겠다고?
- 그냥, 우리 언니가 우리 집엔 없지만 어디서든 살아 있으면 좋겠다고요.
- 나도 쪼쪼랑 얘기하고 싶어. 쪼쪼가 리스닝은 됐는데 스피킹이 안 됐거든.
- 언니, 사실은 나 쪼쪼야. 멍!
- 멍 말고 언니언니로 해 줄래?
- 언니언니! 나 여기서 참치랑 연어 맨날 먹으니까 간식 조금 줬다고 후회하지 마. 언니언니! 나 이제 아무리 먹어도 치석 안 생긴다!

ㅋㅋㅋㅋㅋ과 ㅠㅠㅠㅠㅠ 사이에서 갈팡질팡하는 사이 시간만 흘

러간다. 머릿속에 말이 가득한데 한 마디도 글자가 되어 나오지 않았다. 쪼쪼도 이런 심정이었을까. 말도 글도 몰라 눈빛과 몸짓으로 마음을 드러내던 쪼쪼도 이렇게 막막했을까, 가끔은.

- 쪼쪼, 연어를 더 좋아했던 거 같아. 참치랑 연어랑 석인 캔을 따 주면 연어를 먼저 먹었거든.
- 참치를 아껴 먹은 건지도 몰라요. 나도 그러는데. 좋아하는 건 나중에 먹어요.
- 그런가. 그럼 배수구는? 뭐가 그렇게 무서웠을까?
- 썩은 냄새 나잖아요.
- 아~!

그런 거면 다행이고. 난 또 심각한 이유가 있는 줄 알았잖아. 개중에서도 유독 후각이 예민하고 깔끔했던 쪼쪼라면 배수구 냄새가 싫었을 만했다. 정해솜, 얘 뭘 좀 알잖아. 지난 한 달 동안 쪼쪼 이야기를 들려준 보람이 있다.

- 넌 다솜이한테 궁금한 거 없어? 하고 싶은 말이나.
- 대신 대답해 주게요?
- 우리 서로 디솜봇, 쪼쪼봇 해 줄까?
- 봇?

- 애니 캐릭터가 운영하는 트위터 본 적 있지? 딴 사람이 그 캐릭터인 척하는 거잖아. 나, 다솜이인 척 대답해 볼게. 다솜이 얘기 많이 들었으니까.
- 내가 좀 전에 쪼쪼였던 것처럼요?
- 뭐야 너 진짜 쪼쪼였어?
- ㅎㅎㅎㅎㅎ 물어볼 거 많아요. 하고 싶은 얘기도 잔뜩이고. 시간이 많을 줄 알았는데…
- 그건 나도 그래.
- 사소하고 시시해도 괜찮죠?
- 너무 진지한 건 감당이 안 될 듯. 답 틀려도 되고, 모르면 어쩔 수 없고.
- 재밌겠다 쪼쪼봇ㅋ
- 신호부터 정하자. 봇한테 말 걸고 있는 거라는 신호. 안 그럼 헷갈리니까.
- '스르륵' 어때요? 문을 스르륵 살짝 여는 느낌으로.
- 괜찮은데?
- 내가 먼저 스르륵 하면 언니는 다솜봇. 언니가 먼저 하면 난 쪼쪼봇. 한 사람이 스르륵 신호를 주면 다른 사람이 스르륵 대답하고 시작하는 거예요.
- 끝내는 신호는 '스르르르르륵' 어때?
- ㅇㅋ 그럼 바로 시작! 스르륵?

- 스르륵.

- 언니, 잘 있었어? 여긴 가을이라 쓰르라미가 울어. 언니가 쓰르라미 이름 알려 줬잖아.

- 잘 있지. 여기도 가을인데 환절기 알레르기가 없어서 좋아. 가지나물도 없고.

- 땅에 배수구는?

- 없어.

- 다행. 거기 강아지 한 마리 살지? 갈색에 귀 크고 배에는 물고기 모양 얼룩 있고.

- 쪼쪼? 나랑 친해. 조혜리란 애 얘기 엄청 하던데 너도 걔랑 친해졌지? 쪼쪼가 혜리한테 전해 달래. 자기 잘 있으니까 울지 말고 잘 먹고 잘 자라고.

- 쪼쪼 거기선 스피킹도 되나 봐.

- 내가 개 언어를 하게 된 건데?

- 컥. 근데 언니, 나 겨울 되면 언니 코트 입어도 돼? 겨자색, 주머니 큰 옷.

- 내가 아끼던 옷이잖아.

- 그러니까. 엄마가 버리려는 거 내가 몰래 숨겨 놨어.

- 그 옷 보면 엄마 아빠가 슬퍼할 거야.

- 옷에서 언니 냄새가 나.

- 그럼 입어. 냄새 날아가기 전에.

- 날아가면?

- 그때부턴 진짜 정해솜 옷이지.

그날 밤, 꿈을 꿨다. 드넓은 풀밭에서 나는 쪼쪼와 뛰어놀았다. 쪼쪼가 웃는 얼굴로 귀를 펄럭이며 나를 향해 달려오다가 발라당 드러누웠다. 기분 좋을 때 나오는 버릇이었다. 늙으면서 동전만 하게 털이 빠져 분홍 살이 드러난 배에 물고기 모양 얼룩. 그래서인지 너는 고양이처럼 생선을 좋아했지. 몸을 일으키더니 잎사귀 무성한 나무 쪽으로 뛰어가는 쪼쪼. 나무 밑에는 코트를 입은 아이가 바람에 머리카락을 흩날리며 서 있었다.

눈을 뜨자 햇볕이 쨍쨍했다. 토요일, 오랜만의 늦잠이다. 쪼쪼가 가고 나서 밤잠이 없어지고 해가 뜨기도 전에 눈부터 뜨여서 고생했으니까. 생각해 보니 침대에 누워서, 방석 냄새를 맡다가, 버스 구석에 앉아 울던 횟수도 줄었다.

머리맡을 더듬어 스마트폰을 집는다.

- 스르륵?

- 스르륵!

- 조쪼쪼, 공원 갈래?

- ㅇㅇㅇㅇㅇㅇ!!!!!!!

- 연못가에서 점심 먹자. 김밥! 난 치즈, 넌 참치.

5.

토요일 오후, 날씨 맑음. 공원 벤치에 앉아 연못을 바라본다.

물 위로 청둥오리가 떠다닌다. 오리는 물속으로 부리를 넣어 냠냠대기도 하고 날갯짓을 하다가 주위를 두리번댄다. 연못에는 잉어도 산다. 배고픈 잉어, 졸린 잉어, 장난꾸러기 잉어.

누군가 내 옆에 와서 앉는다. 돌아보니 강아지 귀가 달린 머리띠. 그 아래, 사진으로만 보던 얼굴. 대화창을 열어 '머리띠는 뭐야. 쪼쪼인 줄' 하고 쓸 뻔했다. 이건 카톡이 아니라 현실인데, 옆에 있으니 말로 하면 되는데 말이다. 대화창 밖으로 튀어나온 우리 둘 사이에 '세상 뻘쭘'이라는 글자가 떠다녔다. 나는 쭈뼛거리며 해솜이를 곁눈질했고, 해솜이는 무릎 위에 두 손을 올린 공손한 자세로 앞만 본다.

5분쯤 지났을까? 옆에 앉은 해솜이에게 정말 메시지라도 보내야 하나 고민이 깊어 갈 무렵이었다.

"그냥 내가 먼저 할게요. 스르륵!"

해솜이가 로봇처럼 딱딱한 말투로 연못을 보며 외쳤다. 오리와 잉어가 놀랄 만큼 큰 목소리였다.

늦었네. 내가 먼저 '스르륵' 하려고 했는데, 해솜이한테 쪼쪼봇 시키려고 했는데. 그래도 침묵이 깨져서 다행이었다.

"스르륵. 안녕?"

"아, 안녕……하세요."

해솜이가 연못을 향해 고개 숙여 인사한다. 얘는 자기 언니봇한테 왜 이렇게 예의가 발라, 헷갈리게. 나와 다솜이 대신 인사를 받는 오리와 잉어. 자기 실수를 깨닫고는 몸을 들썩이며 허둥대는 해솜이. 그러니까 내가 지금 조쪼쪼 언니 조혜리가 아니라 정해솜 언니 정다솜이잖아? 스마트폰 밖에서 다솜봇을 하려니 이상했다. 로봇 춤이라도 춰야 하나, 나란히 앉아 메시지로 대화해야 하나.

"잘 찾아왔네?"

나도 눈이 시큰거릴 만큼 연못이나 노려보며 말한다.

"언니랑 나랑 오리 구경하던 데니까요. 아, '요'는 취소."

"그랬나? 아아, 그랬지."

나와 쪼쪼는 공원에 오면 이 벤치에 앉아 오리와 잉어를 바라보았다. 해솜이와 다솜이도 그랬나 보다. 배에서 꼬르륵 소리가 났다. 밥이나 먹어야겠다. 어색할 때는 먹는 게 최고지. 가방에서 김밥을 꺼냈다. 한 줄은 치즈김밥, 한 줄은 참치김밥. 해솜이에게 참치김밥을 내밀었다. 쪼쪼에게 주는 참치이기도 했다. 지금 해솜이는 쪼쪼봇이 아니라 다솜이 동생 해솜이지만.

"단무지는?"

"안 가져왔어."

"우리 언니는 단무지 꼭 챙겼는데."

김밥을 쥐고는 입술을 앙다무는 해솜이. 나뭇잎 그림자가 어깨를 쓰다듬는다.

"스르르르르륵."

해솜이가 잠긴 목소리로 말했다. 빠져나오는 신호.

"스르르르르륵."

나도 빠져나왔다.

해솜이의 붉어진 눈을 보니, 이제 네 차례니까 쪼쪼봇을 해 달라는 말이 나오지 않았다. 하긴 쪼쪼 귀는 저렇게 쫑긋하지 않았지. 버들잎처럼 부드럽게 처져서 흔들렸지. 귀 뒷면에 '사실은 쪼쪼 아님'이라고 쓰여 있으려나.

스마트폰 진동이 왔다. 서영이가 보낸 메시지다. '생각해 봤는데, 나도 초코가 무지개다리 건너면 완전 슬플 듯.'

나는 김밥을 먹기 시작했고, 해솜이도 김밥 포장을 풀었다.

"언니는 오리가 난다는 거, 언제 알았어요?"

해솜이가 참치김밥을 우물거리며 말했다. 눈에서 붉은 기가 사라져 간다. '세상 뺄쭘'이란 글자가 작아지고 희미해진다. 역시 먹는 게 최고라니까.

"유치원 때. 다큐에서 봤어."

"난요, 오리가 못 나는 줄 알았어요. 뒤뚱뒤뚱 꽥꽥, 그런 애들만 있는 줄 알았거든요."

"걔네는 집오리고 쟤들은 청둥오리. 청둥오리는 날잖아."

"난 직접 본 적이 없으니까 아니라고, 못 난다고 우겼어요. 우리 언니가 동영상 보여 줘도 이거 CG라고 안 믿었어요."

해솜이에게 'ㅋㅋㅋ 노답'이라고 써 보내고 싶어서 손가락이 꿈틀댄다. 폰으로 대화하던 습관 때문이다.

"그러던 어느 날!"

해솜이가 젓가락으로 허공을 북처럼 두드리며 긴장감을 높였다. 이제는 연못이 아니라 나를 보며 이야기한다.

"언니랑 여기를 왔는데, 진짜 오리가 막 날잖아요! 신기했어요. 다른 세상에 온 기분, 그런 느낌이요."

나는 어깨를 들썩이며 ㅋㅋㅋㅋㅋ 웃다가 사이다 캔을 따서 해솜이에게 주었다.

"혜리 언니."

"응?"

"우리 언니랑 쪼쪼랑, 잘 있겠죠? 하늘나라나 천국이나 그런 데서 잘 지내고 있겠죠?"

30초 안에 청둥오리가 날면 고개를 끄덕여 주기로 결정하려는 찰나, 연못을 노닐던 청둥오리가 하늘로 날아오른다. 두 마리다. 햇빛이 새의 깃털처럼 수면으로 떨어져 내렸다.

"쟤네 보이지. 저기 날아가는 오리. 쟤네가 뭐라 그랬게?"

"뭐래요?"

"다솜이랑 쪼쪼, 잘 있대."

"어쩐지!"

손차양을 만들어 이마에 대고 고개를 젓힌다. 저 하늘에도 연못과 오리와 잉어가 있으면 좋겠다. 쪼쪼와 다솜이도 연못가에 앉아 점심 도시락을 먹는 중이면 좋겠다. 나와 해솜이를 보면서, 나와 해솜이가 보는 연못과 오리와 잉어도 보면서. 치즈김밥이 맛있다. 참치김밥도 맛있어야 할 텐데.

"다음에 여기 또 올래?"

"좋아요!"

해솜이가 고개를 끄덕이자 강아지 머리띠도 귀를 까딱였다.

'나 괜찮아질 예정이야. 그런데 예전하고 똑같지는 않을 거 같아. 잊지 않을 테니까, 괜찮아지기만 할 테니까.' 서영이에게 보낼 답장을 머릿속으로 써 본다. 그래, 난 그렇다. 물을 벌컥벌컥 들이마시듯 성급하게 속 시원해지고 싶지는 않다. 연못가의 짧은 소풍을 떠올리며 스르륵, 스르르르르륵 잠들듯 조금씩 천천히 괜찮아지고 싶다.

해솜이에게 주려고 치즈김밥을 한 알 집었다. 나와 해솜이 사이에서 나와 해솜이의 손이 만났다. 해솜이도 나 주려고 참치김밥을 한 알 옮기던 중이었다. 우리는 마주 보고 웃었다. 그러자 쪼쪼가 남기고 간 따뜻한 빛깔 한 방울이 나를 온통 물들였다.

독고의 꼬리

✦

내가 15년 전 초봄에 꼬리 없이 태어나자, 우리 가족뿐만 아니라 친척들까지 충격에 빠졌다. 그럴 만도 했다. 꼬리 없는 인간이라니. 코 잘린 코끼리나 목 짧은 기린을 상상해 보라. 꽃을 피우지 못하는 장미는 장미가 아니다. 잡초처럼 뽑혀 버려진다. 비를 한 방울도 내리지 않는 하늘이 있다면 얼마나 모진 저주를 견뎌야 할까.

다행인지 불행인지 나는 짐승도 꽃도 하늘도 아니며 인간이었기에 버림받는 삶이나 저주받는 운명 외에도 몇 가지 선택지가 있었다. 선택은 부모님의 몫이었다. 갓난아기는 울기, 자기, 먹기, 싸기 말고 다른 행동을 고르기에는 너무 어리니까.

"독고, 너를 위해서야."

엄마와 아빠는 나에게 대기자의 삶을 살라고 했다. 대기자는 꼬리를 이식받기 전까지는 임시 이름으로 살아간다. 내 임시 이름은 독고-라2006B. 하지만 다들 나를 독고라고 부른다.

재택 교육_글쓰기 K 과정_과제 3_주제: 나의 삶

꼬리 없는 삶

작성자: 독고-라2006B

I.

꼬리 없이 태어난 사람, 사고나 병으로 꼬리를 잃은 사람은 다음 중 한 가지를 선택한다.

1. 장식 꼬리를 산다.
2. 기계 꼬리를 맞춘다.
3. 생체 꼬리를 이식한다.
4. 꼬리 이식 수술의 대기자 명단에 이름을 올린다.
5. 자살한다.

1번에서 5번으로 갈수록 어려워진다. 아니, 5번이야말로 뜨거운 물만 부으면 되는 컵라면처럼 간편할지도 모른다. 통계청에 따르면 꼬리 없는 사람의 자살률은 우울증 환자보다 3.2배나 높다고 한다. 꼬리 없이 살다가 우울증에 걸리는 경우도 많으니 실제로는 더 높을지도.

II.

1. 장식 꼬리

장식 꼬리는 골반에 두르게 만든 물건이다. 말 그대로 장식품 수준이지만 꼬리를 대체하는 물건이기에 꼬리를 꾸미는 용도인 꼬리 장식과는 다르다. 나무, 쇠붙이, 실리콘, 형상 기억 합금, 알루미늄……, 소재는 무궁무진하고 값도 천차만별이지만 그래 봤자 가짜다. 엄마와 아빠가 나에게 장식 꼬리를 사 주며 '이건 그냥 가짜야'라고 말한 까닭이다.

2. 기계 꼬리

기계 꼬리는 건전지를 넣으면 똑딱똑딱 움직이는 시계와 비슷하다. 충전도 해야 하고 어떤 순간에 어떤 느낌으로 움직일지 제어판에 들어가 지정해 두어야 한다. 기계 꼬리에도 여러 급이 있지만 정교하게 만들면 제법 그럴듯하다. 하지만 그럴듯하다는 것은 실제로는 그러하지 않다는 뜻이다. 엄마와 아빠가 나에게 기계 꼬리를 사 주며 '급할 때나 쓰렴'이라고 말한 까닭이다.

3. 생체 꼬리
생체 꼬리는 인공 심장이나 인공 뼈와 비슷하다. 실제 꼬리와 거의 똑같이 만들어 사람 몸에 붙인 다음 꿰맨다. 각자의 몸에 딱 맞는 생체 꼬리를 제작하려면 시간도 오래 걸리고 돈도 많이 든다. 수술 시간도 길다. 기껏 고생해서 생체 꼬리를 심었는데 면역 체계에 이상이 와서 접합 부위가 썩거나 꼬리가 축 처져 움직이지 않는 경우도 있다. 어쨌거나 수술에 성공만 한다면 그 노력을 인정받게 된다. '그래, 당신에게 꼬리가 있다고 치자'라는 인정이다. '있다'가 아니라 '있다고 치자'다. 엄마와 아빠는 이 선택지를 두고 고민했지만 이왕 시간과 돈을 들일 바에야 딸에게 진짜 꼬리를 찾아 주자고 결정했다. 엄마와 아빠가 3번을 고르지 않은 까닭이다.

4. 꼬리 이식 수술—진짜 꼬리!
꼬리는 세상에 자신을 알리는 표지판이다. 한 사람의 사회적인 정체성이고, 그 사람 자체다. 뇌사자의 꼬리 기증률은 매우 낮다. 사후 꼬리 기증 서약서를 미리 만들어 두는 사람이 적고, 뇌사자의 가족도 죽어 가는 사람의 몸에서 꼬리를 떼 내고 싶어 하지 않으니까. 그런데 이 세상은 냉정한 만큼 또 신기하기도 한 곳이어서, 가끔 예외가 있다. 아주 가끔이라 대기자 명단에 아주 오래

머물러야 행운을 잡는다. 꼬리는 허리띠나 빗자루가 아니기에 내 몸과 여러 조건이 맞아야 이식할 수 있다. 거부 반응을 일으킬 위험이 낮은 꼬리를 만나기까지는 울었다가 포기했다가 기대하기를 반복하며 기다리고 또 기다려야 한다. 나는 15년을 기다렸다. 나에게 맞는 꼬리만 이식받으면 그때부터는 진짜 삶을 살게 된다. 세상이 나를 두 팔 벌려 환영하겠지. 엄마와 아빠가 4번을 고른 까닭이다.

5. 자살
멀쩡히 꼬리가 달린 사람도 때로는 죽고 싶다. 그렇다면 꼬리 없이 살아가는 사람들은 어떨까? 여기까지만 하자. 더는 말하고 싶지 않아.

III.
지금까지 기준량 78% 달성. 내용을 더 입력하세요↳↳

깜빡이는 커서를 노려보다가 글쓰기 프로그램을 껐다. 꼬리 없이 살아온 열다섯 살에게 '나의 삶'이라니. 무슨 말을 더 하라는 거야. 꼬리 없는 사람들이 어떻게 살아가는지 알고 싶어 하는 사람은, 없다. 알고 싶은 척하는 사람만 있을 뿐.

이제껏 나는 거의 집에서만 지내 왔다. 시간으로 따지자면 12년 6개월쯤은 내 방에서, 1년쯤은 화장실에서(나는 화장실에서만 운다), 1년쯤은 거실과 부엌에서 지냈다. 나머지 반년은 뒤뜰의 꽃밭, 도서관 화장실, 병원 대기실 등등인데 그중에서도 석 달쯤은 '신체 이식 관리청' 홈페이지를 들락거리며 보냈다.

나도 외출한다. 한 달에 한 번쯤 가족들과 밥을 먹으러 나가고, 명절이면 할머니와 할아버지를 뵈러 간다. 기껏해야 그 정도다. 엄마도 아빠도, 언니도 오빠도, 나와 함께 세상 속을 거닐고 싶어 하지 않는다. 가족들은 나에게 친절하지만 나를 부끄러워한다. 내가 모를 줄 알고? 친절한 부끄러움은 달콤한 거절만큼이나 비참하다. 외할머니는 나만 보면 운다.

기계 꼬리를 달고 나가면 행인들 시선이 쏠린다. 어머 쟤, 가짜잖아, 눈을 깜빡거리는 사람들. 저렇게 멀쩡한 식구 사이에서 어쩌자고 저런 애가, 하는 목소리가 내 마음속에 울린다. 부모님은 나를 학교에 보내지 않는다. 기계 꼬리라도 달고서 학교에 다니는 방법도 있었지만 엄마와 아빠는 재택 교육 과정을 신청했다. 나를 집에 숨겨 두려는 속셈이다. 독고 집안에 꼬리 없는 여자애가 있다고 광고하고 싶지는 않겠지. 꼬리 없는 인간은 집안의 치욕이고 골칫덩어리다.

신체 이식 관리청의 홈페이지에 들어간다. '내 소식'을 알리는 종 모양 아이콘은 오늘도 시든 회색이다. 나에게 맞는 꼬리가 기증 명단에 올라오는 날, 저 종이 황금색으로 번쩍일 것이다. 그날은 언제쯤일까. 오기는 올까.

창가로 다가가 커튼을 반만 걷고서 정원을 내다본다. 담벼락 밑에 피어난 개나리. 낮은 담장 너머는 골목길이다. 난 항상 커튼 뒤에 숨어서 창밖을 훔쳐본다. 그런데도 창문을 향해 뒤돌아서서 엉덩이로 이름을 쓰는 기분이 든다. 꼬리 없이 밋밋한 뒷모습을 들켰다는 공포에 사로잡힌다. 지나가는 이웃이 나를 손가락질하며 혀를 차고 고개를 저을 것 같다. 자기들 꼬리는 우아하고 점잖게 늘어뜨린 채로 말이다.

가끔은 커튼을 열어젖히고 싶다. 창문을 열고 싶다. 부수고 싶다. 정원으로 뛰쳐나가 담장 위에 올라서고 싶다. 골목길로 엉덩이를 돌리고서 씰룩씰룩 춤을 추듯 내 이름을 휘갈기고 싶다! 안 된다. 그렇게는 못한다. 독고-라2006B, 이것은 진짜 이름이 아니기 때문이다. 꼬리 없는 내가 진짜 나 자신이 아니듯 말이다. 나는 부끄러워할 이름조차 없다. 그리고 그런 사람은, 가짜 삶 속에서 투명하도록 조용히, 숨죽인 채 살아가야 한다.

어느 날, 담장 밑 개나리꽃밭에 나처럼 숨어 있는 사람을 발견했다. 조그만 남자아이이다. 우리는 서로 훔쳐보았다. 눈이 마주친다. 예전에도 마주친 적 있다면 기억할 텐데, 모르는 눈빛이다. 내 머릿속 눈빛 저장고는 빈약하다. 엄마, 아빠, 언니, 오빠, 할머니, 할아버지, 외할머니, 외할아버지, 삼촌, 이모, 고모, 사촌…… 피붙이조차 도 나와 눈을 잘 마주치려 하지 않는다. 다른 사람들은 말할 것도 없겠지. 도서관이나 병원에서 스치는 타인들은 알레르기를 일으키는 꽃가루라도 된다는 듯 나를 멀리 피해 간다. 개나리꽃밭에 숨은 꼬마는 그런 사람들과 달랐다. 우리 가족과도 달랐다. 내 시선을 피하지 않는다. 앞으로 나오더니 나를 똑바로 바라보며 손짓하잖아?

나는 창문 옆으로 비켜서서 벽에 등을 기댔다. 심장이 두근거렸다. 쟤는 누굴까? 밖으로 나오라고 권유하는 저 꼬마는? 감히 나에게, 꼬리 없는 나에게.

정원으로 나갔다. 무릎까지 오는 카디건을 입고서. 허리와 엉덩이를 가리는 긴 옷, 방패이자 갑옷.

"독고-라2006B죠? 그쪽한테 딱 맞는 꼬리가 있어요."

꼬마가 말했다.

"뭐? 거짓말하지 마. 그럴 리 없어!"

비명을 지르듯 외치는 나.

내가 잘 안다. 정확히 12분 전에 신체 이식 관리청 홈페이지를 확인했으니까. 30분 전에도, 한 시간 전에도 확인했다. 정말 나에게 맞는 꼬리의 기증자가 나타났다면 관리청에서 공고를 올리기 전에 우리 집에 먼저 연락했을 것이다. 그런 관례를 알면서도 나는 이삼십 분이 멀다 하고 홈페이지를 들락거린다.

"홈페이지는 그냥 형식이에요. 우리 누나가 마음을 굳혀야 거기 이름이 올라가요. 얼마 전에 검사를 받았는데 그쪽이랑 우리 누나가 조건이 맞는대요. 97퍼센트 일치라고 했어요."

토할 것 같다. 어지럽고 메스껍다. 엄마가 나를 임신했을 때 이런 기분이었다고 들었다. 내 안에서 또 다른 내가 나오려는 것일까. 꼬리 달린 나, 새로운 나. 97퍼센트라고? 이 불완전한 세상에서? 완벽하다. 97퍼센트 완벽하다. 아냐, 나에게 그런 행운이 올 리 없어. 꼬마의 말은 97퍼센트 순도의 거짓말이다. 나는 정원에 쪼그리고 앉아 헛구역질을 했다. 끈적끈적한 침이 바닥에 떨어졌다. 침은 시고도 썼다. 내 슬픔과 불안이 이 싱싱한 잡초를 죽이겠지. 나는 마지막 침 한 방울까지 뱉으며 꺽꺽거렸다. 꼬마는 가지 않고 나를 지켜본다.

"우리 누나가 만나고 싶어 해요. 제19병원 C병동 1536호, 하루라도 빨리 와야 돼요."

꼬마는 자기 누나에게 남은 시간이 별로 없다고, 요즘 들어 발작이 잦아지고 그 시간도 길어지고 있다고 설명했다.

"누나 이름이 뭔데?"

한참 뒤에, 입가와 눈가에 묻은 물기를 닦으면서 물었다.

"해나. 진해나."

꼬마의 대답이었다.

꼬마가 다녀간 날, 뜬눈으로 밤을 지새웠다. 일곱 살 때 동네 놀이터에 갔다가 '꼬리 없는 병신'이라는 말을 들은 뒤로 밤을 새 보기는 처음이었다. 그 말을 한 이웃이 골목길을 지날 때면 나는 숨결보다 빠르게 커튼을 닫는다.

거실로 나가자 가족들은 출근과 등교 준비로 분주했다. 엄마는 머리를 빗으며 눈으로는 스카프를 골랐고 아빠는 교통 방송을 들으며 양말을 신었다. 오빠는 믹서에 채소와 과일을 가느라 시끄러웠고 언니는 옷장 앞에서 고민 중이었다.

"독고, 나 좀 도와줄래?"

언니는 내 인기척을 놓치지 않았다. 침대 머리맡에 붙은 새해 목표는 '가족과 사이좋게 지내기'다. 사이좋게 지낼 가족이란 물론 나겠지.

"이 옷하고 어떤 장식이 어울릴까?"

언니가 옷장 앞에서 비켜서며 물었다. 봄 재킷과 코트 옆으로 꼬리 장식이 즐비했다. 갖가지 색깔과 재질, 길이, 무늬. 날카로운 것이 가슴을 찌르려다가…… 스쳐 지나갔다. 나를 만나고 싶어 한다는 해나라는 아이를 떠올린 덕분이다. 친절하게 굴려고 노력하지만 무디고 눈치 없는 언니. 언니의 꼬리를 보았다. 아침저녁으로 크림을 바르고 사흘에 한 번씩 팩을 붙이고 토요일마다 각질을 제거하고, 매달 꼬리 전문 미용실에 가서 관리하는 꼬리. 보기만 해도 향긋하고 보드랍다.

"몰라. 언니 맘대로 해."

언니를 실망시키고 안방 앞으로 갔다. 엄마는 회색 줄무늬가 들어간 진홍색 스카프를 골라서 목에 두른다. 트렌치코트의 꼬리 구멍으로 세련되고도 기품 있게 빠져나온 꼬리. 학벌과 연봉의 수준을 암시하는 단서. 양말마다 짝이 맞지 않는다며 투덜대는 아빠와 지난해 괜찮은 회사에 들어간 오빠도 마찬가지다. 자기 꼬리는 지적이면서도 과감해. 오빠의 여자 친구가 보낸 메시지가 생각났다. 본의 아닌 실수였지만 그 메시지는 보지 않는 편이 나았을 것이다.

"왜 그러니, 독고? 샌드위치는 식탁 위에 있어."

한창 바쁜 시간대에 거실에 나와 얼쩡대는 나를 보며 엄마가 말했다. 원래 나는 가족들이 집을 떠난 다음에야 방에서 나와 샌드위치나 김밥을 먹는다.

"오늘 외출할래요."

알릴 필요까지는 없었다. 아침 8시부터 저녁 8시 사이에 내가 어디에서 무엇을 하든 엄마는 모를 테니까. 방에서 책을 읽거나 과제를 하겠거니 짐작하겠지. 하지만 신체 이식 관리청이나 진해나 쪽에서 엄마에게 연락하지는 않았는지 떠봐야 했다. 꼬마 말로는 진해나가 병원 쪽에 비밀로 해 달라 부탁했다지만, 글쎄.

"혼자서 밖에 나간다고? 어디를?"

엄마는 눈을 치뜨며 팔짱을 꼈다. 꼬리 없는 인간이 밖을 돌아다니는 행위는 불법이 아니다. 꼬리 없는 인간도 불법이 아니고. 그런

데도 엄마는 나를 죄지은 아이처럼 바라본다.

"도서관. 잡지 좀 보게요."

"도서관이라면 안전한 곳이긴 하지만."

엄마의 왼눈에서는 의심이, 오른눈에서는 안도가 깜박였다. 나는 안도하면서도 실망했다. 아무것도 모르는구나, 엄마는. 그렇다면 꼬마의 말이 거짓말일 확률이 높아진다. 병원에 가서 확인해 봐야겠다.

"주말에 언니랑 같이 가는 게 낫지 않을까? 오늘은 쪽지 시험도 있잖니. 시험 보고 나면 수학 공부를 하렴."

엄마는 지갑에서 지폐 한 장을 꺼내 내 손에 쥐여 주었다. 밖에도 못 나가게 하면서 돈은 왜 줄까. 도서관이 안전하다고? 사람들이 적은 곳이라 나를 힐끔대는 눈도 적을 뿐이다. 방을 나서는 엄마의 꼬리에서 스카프와 조화를 이루는 금빛 장식이 흔들거렸다.

나는 집이 비기를 기다렸다가 샌드위치와 사과로 아점을 먹었다. 두유를 마시며 길 찾기 앱을 켜서 제19병원으로 가는 길을 알아본다. 차로 20분 정도. 버스나 지하철은 싫고, 택시를 타야겠다. 지갑은 쓸 기회를 잡지 못한 용돈으로 두둑하다. 옷장 문을 열자 구석에 장식 꼬리와 기계 꼬리가 대여섯 개 걸려 있다. 나도 언니처럼 적당히 무료하면서도 나른한 표정으로 옷장을 살펴보고 싶었다. 장식 꼬리와 꼬리 장식은 단어의 순서만 바꾸었을 뿐이지만 구정물과 생수처럼 차이가 크다. 언니는 장식 꼬리를 남몰래 혐오하고,

나는 꼬리 장식이 필요 없다. 가짜 꼬리는 꾸미면 꾸밀수록 나는 가짜입니다, 광고하는 꼴이다. 옷장 문을 닫는다.

꼬리 없이 집 밖으로 나서자 벌거벗은 기분이 들었다. 긴 재킷으로 엉덩이를 가렸는데도 그랬다. 당연한 얘기지만, 내 재킷에는 꼬리 구멍이 없다.

제19병원.

C병동 1536호에 정말 진해나란 환자가 있다고 했다. 간호사는 내가 온다는 사실까지도 알고 있었고, 출입 허가증에 내 이름을 써서 목에 걸어 주었다. 나는 1536호로 갔다. 1인실이다. 벽에 붙은 명패가 보였다.

진해나, F, 16세.

병실에 들어서자 소파에 앉아 젤리를 먹는 꼬마와 눈이 마주쳤다. 진해나는 등받이를 완만하게 세운 침대에 기대앉은 채 나를 바라보았다. 나도 진해나를 바라보았다. 아아, 나의 꼬리 기증자 후보. 나의, 나의…….

"왔구나."

진해나가 말했다.

나는 문과 침대 사이에 멈춰 섰다. 진해나는 마르고 창백하고, 흉측했다. 뼈를 덮은 파리하고 얇은 살갗. 꼬리는 엉덩이와 허벅지 밑에 깔려 보이지 않았다.

"보다시피 죽어 가는 중이야. 어제는 세 번이나 발작을 했어."

진해나는 작고 느린 목소리로 말했다.

"바로 1분 뒤에 발작이 일어날 수도 있어. 1분 동안 안전하다면 한 시간 이내로는 기필코 발작하겠지. 그러다가 의식을 잃고, 어느 순간 숨이 끊어질 거야. 내가 이런 얘기를 왜 하는지 알아? 시간이 없다는 걸 알려 주는 거야. 지금 이 순간 최선을 다해서 진실만 말하자. 빙빙 돌릴 시간 없으니까. 독고–라2006B, 내 꼬리를 갖고 싶니?"

"응! 갖고 싶어."

나도 깜짝 놀랄 만큼 단호한 대답이었다. 진실이 말로 표현되기도 하지만 말이 진실로 자라나기도 하는가 보다. 응, 대답하자마자 열망이 가슴속을 채웠다. 진해나의 꼬리를 원했다. 마음이 아파 그 아픔이 온몸에 번질 정도로 간절했다. 진해나에게 달려들어 꼬리를 움켜쥐고서 잡아 뜯고 싶었다. 아름답고 진귀한 장미를 무참하게 꺾듯이 말이다.

"어떤 꼬리인지도 모르잖아?"

"좋은 꼬리니까 병원에서도 받을 사람을 찾아봤겠지. 나쁜 꼬리였다면 절대 알아봐 주지 않았을 거야. 이식 수술을 하고 나서 말썽을 일으킬지도 모르니까."

"좋은 꼬리라고? 어떤 게 좋은 꼬린데?"

진해나는 숨을 헐떡이며 웃었다.

나는 진해나를 노려보았다. 나를 시험하는 거야? 점수를 매겨서 합격과 불합격을 정하겠다는 속셈이냐고! 합격이면 꼬리를 기증하고, 불합격이면 그냥 죽고. 주먹을 쥐었다. 진해나는 나에게 유일한 기회다. 97퍼센트의 일치율은 어떤 사람에게든 한 번뿐이다. 이 기회를 놓치면 꼬리 없이 살아야 한다. 아니면 일치율이 50퍼센트 언저리인 꼬리라도 구해 부작용에 시달리며 살아가거나. 그것은 뒤집어 말하자면, 진해나에게도 이번이 처음이자 마지막 기회라는 뜻이었다. 이쪽에서 97퍼센트면, 저쪽에서도 97퍼센트다. 더구나 진해나는 본인이 말한 대로 시간이 없다. 어떤 사람들은 죽기 전 꼬리라는 자아를 다른 이에게 넘겨서라도 이 세상에 계속 존재하고 싶어 한다. 진귀하고 희귀한, 극소수의 기증자들.

꼬마가 의자를 가져다주고 젤리도 주었다. 나는 어정쩡한 위치에 놓인 의자에 앉아 젤리를 먹었다. 곰돌이 모양 젤리를 입에 넣고 씹자 딸기 맛이 퍼졌다. 딸기가 아닌 딸기 맛. 이 세상은 가짜투성이다.

"제19병원에 입원했으니 너희 집은 형편이 나쁘지 않겠지. 어쩌면 부자일지도 몰라. 여기, 비싸잖아. 보면 알아."

말을 시작하자 얼굴에서 열기가 식어 갔다.

"침대 옆의 책들. 재택 교육 교과서네. 열여섯 살인데 벌써 T 과정이야? 머리가 좋은가 보네. 노력만으로는 그 나이에 T 과정까지 가긴 힘들거든. 소설에 철학책도 많은 걸 보니 독서를 좋아하는 모양이고. 교과서만 보는 공부벌레는 아니란 얘기지."

진해나는 나를 바라보았다. 깊고 투명한 눈이었다. 그리고 죽어가는 눈이었다.

"지금은 깡마르고 여기저기 멍들었지만 아프기 전에는 예뻤을 거야. 이마도 반듯하고 코도 오뚝하잖아. 돈 많은 집 딸에 공부도 잘하고 얼굴도 예쁘고, 남부럽지 않게 살았겠구나, 너. 부러움도 많이 받았겠지?"

"아프기 전까지는 그랬지. 이제는 날 질투하던 애들의 즐거움이 되었지만. 자, 이제 말해 봐. 내 꼬리가 왜 좋은 꼬리지?"

"지금까지 말했잖아."

"그건 꼬리 얘기가 아니야. 내 집안 환경, 성적, 외모 얘기잖아."

이번에는 내가 피식 웃었다.

"그게 바로 꼬리야. 진해나, 그게 곧 너라고."

진해나가 몸을 일으키더니 이불을 어깨에 두르고서 침대 끝에 걸터앉았다. 이불은 크고 몸은 작아서 이불 안에 가느다란 나뭇가지를 받쳐 놓은 모양새였다. 나뭇가지가 얇은 이불의 무게조차 견디지 못하고 부러진다면, 발작이겠지. 발작은 의식 불명과 죽음으로 이어질지도 모른다.

"그게 내 꼬리고 나라고? 네가 말한 것 어느 하나 가져가지 못하는데도?"

시간이 없다는 생각에 나는 초조해졌다. 하지만 진해나는 가래를 그르렁거리면서도 엉뚱한 이야기만 늘어놓는다.

"나는 이제 죽어. 그럼 내 오뚝한 콧날은 어떻게 될까. 암산으로도 푸는 수학 문제는? 아빠가 내 계좌에 넣어 둔 유학 자금은? 그것들이 나를 따라올까? 아니지. 아니야."

"그건 당연한 얘기잖아. 죽을 때는 누구든 빈손으로 가."

"다시 물을게. 그런데도 그것들이 나라고 생각해? 내가 나를 두고 어디론가 간다는 게 말이 돼?"

말문이 막혔다. 하지만 마음속으로는 내 말이 맞는다고 느꼈다. 죽을 때는 자기 자신조차 데려가지 못한다. 사람이 죽으면 어딘가 다른 곳으로 가는 것이 아니라, 그저 사라질 뿐인지도 모른다. 책상에 떨어진 물 한 방울이 말라 없어지듯이.

"착각하지 마, 독고-라2006B. 내 꼬리를 가져간다고 해서 내 삶까지 네 것이 되지는 않아."

진해나의 말에 나는 발끈했다.

"나도 네 인생을 베끼고 싶은 마음은 없어! 난 나대로 내 인생을 살 거야."

"너희 집도 돈이 좀 있겠지. 꼬리 이식 수술에 한두 푼 드는 거 아니니까."

그렇다. 꼬리 이식 수술에는 큰돈이 든다. 엄마와 아빠는 그 돈을 감당할 능력이 된다. 수술 비용 청구서에 적힌 숫자를 콧노래처럼 흥얼거리며 지갑을 열 만큼은 아니겠지만.

"너도 그 정도 얼굴이면 뭐, 나쁘지 않아. 독서 취향이야 모르겠고, 좋은 대학에 가서 좋은 직장에 들어가고 싶은 욕심이야 있겠지. 보나 마나 너희 가족들도 그런 길을 걸어왔을 테니까."

마음의 결이 손톱 거스러미처럼 일어나서 나를 아프게 했다. 엄마와 아빠, 오빠와 언니의 매끈하고 윤기 흐르는 꼬리가 떠올랐다. 좋은 학교, 좋은 직장, 좋은 집, 좋은 결혼……, 내가 제자리에 멈춰 있는 동안 가족들은 자기가 원하는 꿈을 이루어 왔다. 진해나는 그게 다가 아니라고 우기고 싶은 눈치지만 아니긴 뭐가 아니야. 그게 다가 아니라면 나머지는 어디 있는데?

"그래서 뭐! 하고 싶은 말이 뭐야?"

"결국 넌 나처럼 살고 싶어 할 거란 얘기야. 난 성공이 예정된 사람이었거든. 지금도 병만 낫는다면 세상으로 달려 나가서 보란 듯이 성공할 자신이 있어."

"누가 성공하기 싫대? 나도 누릴 건 누리고 싶어. 그렇다고 해서 내가 너처럼 살고 싶어 할 거라고 생각한다면 그건 그냥 잘난 척이지. 성공에도 여러 종류가 있거든?"

"그렇지 않아. 성공은 딱 한 가지야."

진해나가 잘라 말했다. 숨이 차는지 침대에 등을 기대고 누웠지만 눈빛과 입매는 흐트러지지 않는다.

"꼬리에 보란 듯이 장식할 만한 자랑거리, 그게 성공이야. 나도 그런 성공을 하나씩 손에 넣어 왔어. 여기서 끝나게 되었지만 말이야. 정말이지 난 이제……."

진해나가 입술을 깨물며 고개를 젓자 푸석푸석하고 짧은 머리카락 몇 올이 빠져나와 공중으로 흩어졌다. 동그란 머리통은 대머리에 가까웠다. 독한 약이 목숨에 앞서 머리카락을 죽였다.

"이젠 정말, 지긋지긋해."

꼬마가 침대로 다가가서 누나의 손을 잡았다. 진해나는 어린 동생의 어깨에 머리를 기댔다.

"꼬리 기증이라니, 그런 생각은 왜 했을까. 이 지긋지긋한 짓을 누구한테 또 하라고. 집어치워. 꼬리 없다고 해서 안 죽으니까. 사람은 그런 걸로는 안 죽어."

나는 의자에서 일어났다. 난 괜찮아, 네가 본 세상이 어떻든 감당할 테니 꼬리를 줘. 침대로 두어 발짝 걸어갔을 때, 진해나가 발작을 일으켰다. 동생 품에서 튕기듯 빠져나와 침대 밑으로 굴러떨어졌다. 엉덩이 밑에 숨어 있던 꼬리가 드러났다. 길고 깨끗한 꼬리였다. 제 주인이 죽어 가든 말든, 발작하든 말든 갓 딴 꿀처럼 생명력이 뚝뚝 떨어지는 꼬리. 성공의 역사라면 조그만 조각 하나도 잊거나 잃지 않은 꼬리. 진해나가 죽는다 해도 꼬리는 살아남을 것이다. 내 몸으로 옮겨 올 테니까. 내가 죽어도 꼬리는 또 다시 살아남는다. 조건이 97퍼센트 일치하는 누군가의 몸으로 옮겨 가서 흔들릴 테니까.

나는 꼬리가 필요했다. 꼬리를 원했다. 내 진짜 이름을.

꼬마가 비상벨을 눌렀다.

"꼬리 없이 상을 치르는 법은 없어. 더구나 너 때문에 연기한 장례식이잖니."

엄마가 말했다.

그러더니 옷장에서 교복을 꺼내서 침대에 올려놓는다. 진회색 치마와 흰색 블라우스, 남색 재킷, 검정 스타킹. 장례식에 가기에 알맞은 옷차림이다. 나에게도 교복이 생겼다. 2학기부터 학교에 다니게 된다. 꼬리가 생긴 덕분이다. 내가 꼬리 이식 수술을 받고서 회복하는 동안, 아빠와 엄마는 제7학교에 입학 신청을 했다. 공부 잘하는 애들만 모인다는 학교다. 좀 더 정확히 말하자면 '자식들 성적에 관심 많은 부모를 둔 아이들이 가는 학교'다.

"난, 안 가요."

아침 8시, 밖은 밝지만 안은 어둡다. 이식 수술을 받고 나서 방으로 돌아왔을 때, 나는 반이나마 걷어 놓았던 커튼을 닫았다. 진해나가 개나리꽃밭에 서서 나를 바라보는 느낌이라 오싹했다. 커튼 자락이 맞물릴 때, 내 마음도 쾅 소리를 내며 닫혔다.

"말했잖아. 장례식에 꼬리가 없으면 안 된다고."

아빠였다.

"이건 내 꼬리예요!"

소리를 질렀다. 눈 주변과 뺨이 화끈거리면서 피가 얼굴로 몰리는가 싶더니 온몸이 달아올랐다. 얼굴이 시뻘게지고 눈에 핏발이 서고 입술은 씰룩거리겠지. 나를 바라보는 엄마의 눈빛과 표정이 거울처럼 나를 비춘다.

"독고해나, 일어나서 옷 입어. 예의를 갖추어야 해요. 너한테 꼬리를 준 사람이잖니."

"나 좀 그렇게 부르지 말라니까!"

나는 엄마를 밀칠 듯이 손을 뻗었다. 엄마는 놀란 기색이었지만 곧 담담해졌다. 이식 수술에 들어가기 전, 우리 가족 모두 '꼬리 수혜자와 그 가족을 위한 교육 과정'을 이수했다. 강사는 오랫동안 기다리다가 꼬리를 이식받은 '환자'일수록 바뀐 상황에 적응하지 못하고 혼란스러워한다고 설명했다. 기쁨은 감정이고 적응은 현실이라나. 나중에 언니의 수첩을 보니 이런 메모가 남아 있었다. '환자에 따라 폭력성과 반사회성을 보이기도 함. 이는 일시적 약 복용과 꾸준한 상담 치료로 대부분 개선됨. 환자가 평소와 다른 행동을 보여도 가족들은 당황하지 말고 침착한 태도를 유지할 것.' 그래서 엄마는 지금, 침착한 태도를 유지하는 중이다. 나는 15년간 기다린 끝에 꼬리가 생기자 그 상황 변화에 적응하지 못해 폭력적인 태도를 드러내는 중이고. 그러거나 말거나, 독고해나라는 이름만큼은 못 견디겠다. 수술을 마치고 나왔더니 내 이름이 독고해나가 되어 있었나. 15년간 기다린 진짜 이름을 나에게 묻지도 않고 정하다니! 진해나의 부모가 기증 동의서에 서명하면서 내건 조건이라고 했다.

"네 이름에 익숙해져야지, 독고해나. 어서 준비해라. 이러다가 늦겠어."

아빠가 재촉한다.

안 간다고 우기는 내 고갯짓에서 힘이 빠졌다. 나는 누구인가, 하는 의문이 들었기 때문이다. 전신 거울에 비친 여자아이를 바라본다. 홍분이 가라앉아 창백해진 얼굴과 늘어진 꼬리. 너는 누구지? 진해나의 꼬리를 받아 독고해나가 된 너, 네가 나라고? 진짜야?

"네 꼬리는 얼마 전까지만 해도 진해나의 꼬리였어. 엄마 말씀대로 꼬리 없이 초상을 치르지는 못하는 법이야."

피가 식어 갔다. 나는 진해나의 살아남은 꼬리란 얘기인가. 죽은 몸통을 배웅하러 가라는 뜻인가.

그게 나라고? 그런데 왜 나는 아무것도 가져가지 못하지?

진해나가 한 말이 떠올랐다.

이젠 정말, 지긋지긋해.

몸이 떨렸다. 진해나가 누운 관을 열면, 거기 내가 누워 있을 것 같았다.

한 달 전, 내가 병실로 찾아간 날. 진해나는 발작 끝에 의식을 잃었고 뇌사 상태에 빠졌다. 진해나의 부모는 나에게 꼬리를 기증하기로 결심했다. 의식을 잃는 순간, 진해나는 꼬리의 처분권도 잃은 셈이다.

"장례식만 잠깐 다녀오면 그때부터는 네 세상이야. 진짜 인생을 시작하는 거란다!"

새까만 정장을 입은 부모님이 새빨간 미소를 지었다. 두 사람 머릿속에는 내가 진학할 대학과 학과, 내가 몸담게 될 직장까지 계획이 짜여 있겠지. 커서만 깜박이는 빈 화면이었던 '막내딸' 문서에 글자가 찍히기 시작한 셈이다.

나는 전투 의지를 잃었다. 내가 누구인지 모른다면 누구로서 누구의 장례식에 가든 무슨 상관일까.

새것 냄새가 나는 교복을 입고 차에 탔다. 차창 밖으로 사람들이 봄 햇살을 즐기면서 지나갔다. 엉덩이에 달린 꼬리가 갖가지 장식을 매달고 살랑거린다. 진해나의 꼬리와 내 몸이 맞닿은 자리, 수술 부위가 욱신거렸다. 수술은 성공적이었다. 97퍼센트의 일치율, 97퍼센트의 적합도. 학교 갈 때쯤이면 처음부터 내 꼬리였던 것처럼 익숙해질 거라고 의사는 장담했다.

제19병원에서 운영하는 장례식장 앞에서 내렸다. 아무도 나를 힐끔거리지 않았고, 피해 가지도 않았다. 스치고 지나갈 뿐이다. 자연스럽고 평온하게, 꼬리 구멍 밖으로 늘어뜨린 꼬리에는 관심도 없다는 듯이. 꼬리가 있는 사람은 꼬리가 있다는 사실을 잊어버리고 살아도 된다. 꼬리가 있어서 가장 좋은 점이다.

빈소로 들어가사 진해나의 부모가 상복을 입고 서 있었다. 엄마는 상주에게 허리를 깊이 숙여 보였다. 시신 안치실에 있을 진해나는 아무런 인사도 받지 못한다. 그날 의식 불명에 빠지지 않았다면 진해나는 어떤 결정을 내렸을까? 사후 기증 동의서에 서명했을까? 나는 부모님이 하는 대로 국화꽃을 향 옆에 놓은 다음 영정 사진 앞에서 묵념했다.

"곧 화장터로 이동할 거야."

문상을 마치자 아줌마가 말했다.

"같이 갈 거니?"

"그럼요. 가야죠."

아빠가 말했다.

가기 싫지만 나에게는 결정권이 없다.

"독고……해나에게 해 줄 얘기가 있는데, 잠깐 괜찮을까요?"

"얼마든지요."

엄마가 대답했다.

아줌마는 빈소 옆에 붙은 식당으로 나를 데리고 갔다. 사람들이 바글거렸다. 그래서 더 혼자라는 기분이 들었다.

"상처는 잘 아물고 있고? 부작용은 없겠지?"

나는 대답하지 않았다. 아줌마가 오렌지 주스의 뚜껑을 따 주었지만 젤리가 먹고 싶었다. 딸기 맛 젤리. 진해나의 동생은 어디 갔을까. 그 애, 울고 있을 텐데.

"이 얘기를 할까 말까 고민했지만 하기로 마음먹었어. 네 어깨에 책임감이라는 짐을 얹어야겠구나. 미안하지만 어쩔 수 없는 일이야. 책임감이야말로 사람을 강하고 고귀하게 한단다."

그러더니 아줌마가 몸을 기울이고는 내 귀에 무슨 말인가 속삭였다. 내가 그 짧은 말에 담긴 뜻을 이해하는 데에는 오래 걸렸다. 어쩌면 앞으로 평생토록 그 말을 이해하려 애써야 할지도 모른다.
수술 부위가 쑤셨다. 상처는 언제쯤 아물까? 97퍼센트만 아물고 나머지 3퍼센트의 아픔은 내 안에 언제까지나 남아 있지는 않을지.

"네 삶이 너 혼자만의 것이 아니라는 사실을 잊지 말았으면 한다. 먼저 간 우리 해나 몫까지 열심히 살아 다오. 그리고 또……."

말을 멈추고는 몸을 바로 하는 아줌마. 내 어깨를 쥐었다 놓더니 빈소로 돌아간다.

의자에 멍하니 앉은 나. 무슨 생각을 해야 할지, 어떤 반응을 보여야 할지 모르겠다.

우리 해나도 꼬리를 이식받았단다. 세 살 때였어. 하지만 그 애는 그 일을 기억하지 못했지. 너무 어렸으니까.

아줌마가 내 귀에 속삭인 말이다.

우리 해나한테 꼬리를 준 사람 몫도 잊지 말아 다오.

아줌마가 '그리고 또' 다음에 생략한 말이다.

나는 의자에서 일어났다. 비틀거리며 식당 밖으로, 장례식장 밖으로, 병원 밖으로 나갔다.

큰실. 차와 사람들. 가로수 잎사귀가 바람에 흔들린다. 클립보드를 든 남자가 다가오더니 말을 걸었다.

"안녕하세요. 정부가 우리 시에 대형 정신병원을 지으려고 하는 거 아시죠? 정신병원이라니, 혐오 시설이잖아요. 선량한 시민들의 삶에 치명적인 방해 요소예요. 우리에겐 행복하고 자유롭게 살 권리가 있어요. 정신병원 건립 반대 탄원서에 서명 부탁합니다."

남자가 내 손가락 사이에 볼펜을 끼워 넣었다.

정신병원이 혐오 시설이라고? 말도 안 돼. 그러나 나는 그쯤에서 생각하기를 멈추었다. 내 삶은 나 혼자만의 것이 아니니까. 97퍼센트의 사람들 생각을 따라야 하니까. 종이에는 서명이 빼곡했다. 빈칸에 '독고-라'까지 적었다가 지운다. 나는 이제 독고-라2006B가 아니다. 그렇다면 누구일까? 답은 생각보다 빨리 떠올랐다.

내 이름을 적는다.

독고의 꼬리.

열아홉,
한여름의
보물

✦

부모가 이혼하자 집에는 진교만 남았다. 아버지는 다른 지방으로 발령을 받았고 어머니도 새 사업을 시작한다며 다른 도시로 떠났다. 진교는 너도 이제 다 컸다고, 애도 아니고 학생도 아니라는 말만 들었다. 초등학교를 한 해 일찍 들어가는 바람에 아직 열아홉 살인 데다가 고등학생 때와 똑같은 과목을 공부하는 재수생 진교, 어쨌거나 어른이 되어야 했다. 집은 조용하고 휑했다. 익숙한 곳인데도 낯설었다. 그 안에서 진교는 종일 멍했다. 늦게 자고 늦게 일어났으며 밥은 먹는 둥 마는 둥, 공부는 하다가 말다가. 하루에 한 마디도 하지 않았고 끼니도 건너뛴 채 초점 나간 눈으로 인강 화면을 보다가 하품을 했다.

어머니와 아버지는 번갈아 가며 한 달치씩 생활비를 보냈고, 이 돈도 올해까지만이라며 겁을 줬다. 몇 되지도 않는 친구들은 대학생활이나 여자 친구, 취업과 아르바이트에 골몰하느라 진교를 잊었다. 진교도 다른 세상에 사는 친구들 쪽은 힐끗거리지 않았다. 집에 틀어박혀 시간만 흘려보냈다. 게임도 지긋지긋했고 인터넷은 0 다음의 1처럼 뻔했다. 인강 음량을 높여 봤자 귀에 들어오는 말이라고는 강사의 지루한 농담뿐. 진교는 공부에 심드렁했다. 대학은 별로 가고 싶지도 않았지만 공부하는 척이라도 하지 않으면 할 일이 없었다. 나가서 돈을 벌기는 귀찮았고 사실은, 무서웠다.

겨울과 봄이 지나갔다. 창밖에서 들려오는 우렁찬 매미 울음소리로 보아, 여름이었다. 창문을 열고 거실 바닥에 드러누워 하늘을 본다. 남의 속도 모르고 푸르른 하늘. 구름을 가르는 바람은 청량하고 바람을 파도 타는 새는 발랄하다. 진교 빼고는 온 세상 모두 행복한 모양이다. 우주 따위 망해 버려라, 저주하려는 찰나 카톡 메시지가 왔다.

- 진교야 뭐 하니.

태호였다. 저런 사람이 우리 형이었으면 엄마 아빠도 자식 낳아 키우는 보람이 있었겠지, 싶은 교회 선생님. 나이로 따지면 큰형뻘이지만 호칭은 '쌤'이었다. 진교는 5년 전, 교회 중등부에서 태호를 처음 만났다. 그때 태호는 주일학교 교사였다.

- 그냥 누워 있는데요.
- 밥 사 줄게 나와라. 할 얘기도 있고. 뭐 먹을래?
- 전 괜찮습니다.

진교의 배가 '난 안 괜찮거든?' 꼬르륵거리는 순간,

- 지금 여기까지 꼬르륵 소리 들린 거 같은데?
- 헉. 그럼 냉면이요.
- 고기 먹자. 냉면은 후식.

고기와 냉면! 침이 꼴딱 넘어갔다. 한 시간 뒤에 아파트 단지 정문 앞에서 만나기로 한다. 배가 격렬히 고파 온다. 얼마 만에 느끼는 식욕인지. 굶지 못해 먹는 라면이나 냉동 볶음밥이 아니라 먹고 싶어서 먹는 고기와 냉면. 그것도 진교의 안부를 궁금해하는 (아마도) 유일한 사람과 먹는.

"너, 드럼 쳐 볼래?"

삼겹살을 해치운 다음 물냉면을 주문하고서야 태호는 본심을 꺼냈다.

"네? 드럼이요?"

삼겹살을 시켰는데 살치살이 나온 기분이었다. 좋고 나쁘고를 떠나 드럼이라니, 생각지도 못한 분야였다.

"올해까진 어떻게든 해 보겠는데, 내년부턴 내가 드럼을 좀 쉬어야 할 거 같아서."

태호는 고등학생 때부터 교회에서 드럼 반주를 해 왔다. 10년도 넘는 세월이다.

"왜요? 어디 가세요?"

"아니, 손목 때문에. 회사에서 짐 나르다가 다쳤는데, 아, 사장 취미가 사무실 물건들 자리 바꾸기거든. 복사기 위치만 대체 몇 번을 바꿨는지. 암튼 나았다가 도졌다가 뿌리가 안 뽑히네. 병원에선 드럼을 치지 말래."

진교를 드럼 후계자로 삼겠다는 얘기였다. 진교는 어리둥절했다. 아니 쌤, 뭘 보고 저를요? 진교와 드럼은 삼겹살과 살치살처럼 먼 사이였다. 드럼 스틱 한번 잡아 본 적이 없는 진교였다.

"너 드럼 치고 싶다고 그랬잖아."

"제가요? 언제요?"

"너 중1 때인가 그랬을걸. 기억 안 나?"

진교는 냉면 면발을 우물거리는 동안 머릿속을 뒤졌다. 친구를 따라서 가 본 교회. 진교를 교회에 떨어뜨려 놓고 친구는 무신론자로 돌아섰다. 주일학교에서 진교네 반 담임을 맡은 태호가 아니었다면, 진교도 교회에 발걸음을 끊었을 것이다. 대학생이던 태호는 친절했고 나이보다 더 어른스러웠다. 진교가 고등부로 올라간 다음에도 얼굴이 보이지 않으면 뭐 하니, 메시지를 보냈다. 그러면 진교는 그냥요, 대답하고는 다음 주 예배에 나갔다. 하지만 무엇보다도 태호는 드럼을 잘 쳤다. 드럼을 칠 때면 온몸과 표정으로 웃음소리를 냈다. 그 모습을 보면 진교는 와 쩐다, 감탄이 나왔다.

"해 볼래? 가르쳐 줄게."

진교의 눈이 번쩍, 빛나려다가 기운을 잃는다. 하고는 싶지만 해도 되는지 모르겠다. 드럼 치는 태호 쌤을 볼 때마다 진교는 나도 저렇게 되고 싶다 꿈꾸다가도 에이 나 같은 게 뭘, 하고 체념하곤 했다.

"저 재수생이잖아요."

"괜찮아."

누군가 괜찮다고 해서 괜찮아질 상황이 아니었지만 이상하게도 마음이 편해졌다. 공부하는 척, 살아 있는 척만 말고 밖으로 나와, 그래도 괜찮아, 격려를 받은 느낌. 눈물이 두 눈을 스치고 지나갔다. 뭐야 쪽팔리게, 고개를 숙이고는 채 썬 오이가 떠다니는 냉면 국물이나 바라본다.

"저 진짜 음악적 재능 같은 거 1도 없어요."

"재능으로 하는 거 아냐. 연습하면 돼. 나도 연습해서 됐어."

"신앙심도 없는걸요?"

"그건……."

태호는 통유리창 너머를 내다봤다. 길 건너가 교회였다. 해가 갈

수록 건물은 낡고 사람은 줄었다.

“그건 사람이 판단할 문제는 아니지 않을까? 자기 자신이라 해도 말이야.”

“그럼요? 신이 판단해 주나요?”

“이미 다 아시겠지. 인간의 시간과 마음이란 건 아주 작고 적으니까.”

진교는 드럼 치는 염진교를 상상했다. 누군가 해도 된다며 고개를 끄덕여 주는 느낌. 진교의 작디작은 마음이 미래의 시간 속으로 좁고 희미한 길을 내기 시작했다.

지하 예배실. 중·고등부가 예배를 드리고 태호가 드럼 반주를 하는 곳, 몇 달 전까지만 해도 진교가 뒷자리에 앉아 졸던 곳. 진교는 고등학교를 졸업하고도 청년부로 올라가지 않았다. 거기 가 봤자 태호 쌤은 없고 대학생들이나 바글거리니까.

“스틱 잡는 방법부터 알려 줄게. 레귤러 그립이랑 매치드 그립이 있는데, 보통 매치드로 시작해. 나도 그랬고.”

태호가 진교를 드럼 세트 앞에 앉히고서 설명을 시작했다. 진교는 얼떨떨했다. 나 왜 여기 있지, 어쩌다가 여기 왔지, 하는 심정이었다. 늘어선 심벌과 드럼, 페달. 저 뒤쪽에 앉아서 볼 때는 북이 좀 많네 싶었는데 이 앞에 앉으니 느낌이 다르다. 악기 하나하나가 진교를 노려보는 눈동자 같다.

"갑자기 막 무섭지? 나도 처음엔 그랬는데 조금씩 익숙해지더라고."

태호가 말했다.

정말 익숙해질까요, 진교는 혀로 마른 입술을 핥고는 속으로만 끙끙 앓았다. 스틱을 쥔 손이 떨린다. 냉면 앞에서 울보에 드럼 앞에서는 쫄보, 창피하다. 정신이 혼미한 가운데 스틱 잡는 법을 배웠다. 그다음 순서는 드럼 세트의 구성과 역할이다.

"스네어, 하이햇, 베이스를 제일 많이 써. 맨 앞에 있는 게 스네어, 들어는 봤지? 하이햇하고 베이스는 페달도 있어. 그중에서도 하이햇은 봐 봐, 두 장이 겹쳐진 형탠데 페달을 밟아서 조절해. 밟으면 붙고 떼면 떨어지는 거지."

"쌤, 저 안 될 거 같아요!"

진교가 외치면서 의자에서 일어났다. 하이햇이 어떻고 페달이 어떻고, 머리가 지끈거렸다. 삼각함수와 현재완료 진행형의 품으로 돌아가고 싶을 지경이다.

"저 똑같은 문제집 2년째 풀고 있는데 틀린 거 또 틀려요. 근데 이걸 어떻게 해요. 완전 새로운 거잖아요."

"진교야, 하이햇 페달 좀 밟아 볼래?"

태호가 진교의 어깨를 부드럽게 누르며 말했다.

그 다정한 목소리를 이기지 못한 진교, 오래되어 스펀지가 삐져나온 동그란 의자에 주저앉는다. 발을 더듬거리며 하이햇의 페달을 찾아 밟는다. 심벌 두 짝이 찹, 소리를 내며 붙었다. 유쾌한 소리다. 찹!

"스틱으로 쳐 봐."

진교는 페달을 밟은 채 하이햇을 쳤다.

"이번엔 발가락 힘만 아주 살짝 빼고."

그러자 조금 전과는 아주 조금 다른 소리가 났다. 차이는 미묘하지만 확실했다. 진교의 얼굴에도 미묘하지만 확실한 표정 변화가 일어났다.

"어때, 재밌지? 그럼 이제 스네어로 스트로크 연습 시작할게."

아아, 시작하고 말았다. 진교는 이마에 배어나는 땀을 손등으로 문질러 닦았다. 눈으로만 보던 세상에 발을 디딘 기분, 무섭고 떨린다. 나쁘지만은 않은 긴장감이다.

"스트로크라는 게 무궁무진한 확률이고 조합이야. 오른손 왼손 번갈아 치는데 강약을 조절하거나 강약의 순서를 바꾸거나 하나를 빼고 치거나 등등 엄청 다양해. 오른손 왼손을 조합해서 나오는 경우의 수가 거의 무한하다고 보면 될 거야."

"그걸 제가 할 수 있을까요?"

"하지 왜 못해."

"무한한데요?"

"무한하니까. 영원이나 무한이나, 거기 대면 백만도 천만도 티끌이잖아? 그렇게 따지면 남 앞에서 잘난 척할 만큼 잘난 사람도 없고, 남 뒤에서 주눅 들 이유도 없고, 그런 거 같아."

진교는 쌤이 채찍질을 참 수학적으로 한다 싶었다. 아니, 철학적인가? 문학적일지도 모르고.

"드럼의 기능이 박자를 맞추는 거야. 밸런스나 리듬감이 부족해도 박자만 잘 맞추면 중간은 가. 일단 밴드가 연주를 잘하려면 정해진 속도로 박자를 일정하게 맞춰 줘야 하거든. 앞에서 끌고 가는 게 부담되면 뒤에서 받쳐 준다고 생각하면 돼."

태호는 스네어 드럼으로 하는 기본 스트로크를 가르쳐 줬다. 어설퍼도 된다고, 연습하면 는다고 격려하면서. 연습은 뱃살과 비슷했다. 많이 먹으면 남아도는 열량이 배에 쌓이듯이 무엇이든 연습하면 할수록 실력이 쌓여 뱃심이 두둑해진다.

"시간 날 때마다 와서 연습해도 될 거야. 주일하고 수요일 빼면 비어 있으니까. 아, 가끔 기도하러 오시는 분들 있을 텐데 그땐 나가서 바람이라도 쐬다 오고. 우리는 매주 한 번씩 만나면 좋겠는데, 언제가 괜찮아?"

"전 다 되는데요."

말하고서야 아 맞아 나 재수생이지, 생각났지만 월화수목금토일 빠짐없이 꼼꼼하게 다 되는 것이 사실이니까.

"그래? 그럼 목요일 일곱 시 어때?"

"네, 괜찮아요."

진교는 태호가 간 다음에도 남아서 한 시간쯤 더 연습했다. 엉터리 스트로크에 스스로 진이 빠졌다. 안간힘을 썼더니 다리가 당기고 허리도 결린다. 어설픈 맨손체조로 몸을 풀었다.

교회를 나서는데 골목길 저쪽에서 걸어오는 노인이 보였다. 동네를 떠도는 노숙자였다. 언제인가, 빵집 앞에 서서 진열장을 들여다보던 할아버지. 용돈을 게임방에서 다 쓰지 않았다면 빵을 사서 쥐여 주고 싶을 만큼 배고픈 표정이었다. 그 할아버지가 무엇이 들었는지 모를 검은색 비닐봉지를 들고 다리를 끌며 걸어온다. 교회 로비에는 커피 한 잔에 100원이라 동네 사람이나 택시 기사 들이 애용하는 자판기가 있었고, 차가운 바람을 내뿜는 에어컨도 있었다. 7월 초, 더운 날씨였다. 할아버지가 교회로 들어간다.

참새 한 마리가 느슨한 전깃줄에 앉았다가 날아갔다. 두 발에 튕긴 전깃줄이 오래도록 흔들렸다. 그저 조그만 참새 한 마리였는데도. 진교는 미세한 떨림을 멈추지 않는 전깃줄을 한참이나 바라보았다.

여름이 깊어 갈수록 진교는 드럼에 빠져들었다. 예상치 못한 일이었다.

처음에는 좀 해 보다가 그럼 그렇지 난 안 된다니까, 태호 쌤 전 못하겠습니다, 포기할 작정이었다. 그렇게 훗날을 도모하려면 며칠 연습하는 척이라도 해 놔야 안팎으로 떳떳했다. 덥고 조용한 집이 견디기 힘들어 예배실로 피신도 할 겸, 에어컨 바람을 맞으며 드럼이나 두드렸다. 드럼을 치면 시끄럽고 요란해서 혼자 있어도 혼자라는 생각이 들지 않았다. 드럼이 진교 대신 '왜! 뭐! 콱!' 소리를 질렀다. 그러다 보니 재미가 붙었지만 '좋아한다'와 '잘한다'는 다른 문제여서, 몸과 마음이 따로 놀았다. 박자를 놓쳤다가 앞질렀다가, 헛손질에 엉뚱한 페달이나 밟고, 스틱도 놓치거나 날려 보내기 일쑤였다. 태호는 오래전 300여 명이 모인 연합 부흥회에서 드럼을 치다가 스틱을 분질러 먹은 경험담을 들려주며 진교를 위로했다.

"쌤, 왜 교회 나오란 말은 안 하세요?"

진교는 태호에게 선물로 받은 새 스틱을 살펴보다가 물었다.

"교회? 지금 나오고 있는데?"

"제 말은, 예배요."

"내년부터 예배도 나오는 거 아니었어?"

"그건 반주죠. 제 말은, 진심으로 주님을 영접하고 성령이 비둘기처럼 내려오고 그런 거 있잖아요."

"오, 설교 들은 티 좀 나는데? 그런데 진교야, 뭐든 억지로는 못 하는 거잖아. 드럼 연습만 해도 그래. 너 이거, 좋아서 하는 거지?"

"그건 그렇지만……."

"난 네가 여기까지 와 준 것만도 고마워."

여기, 여기까지. 여기는 어디일까. 나는 지금 어디 있을까. 모를 일이었다. 진교는 무한한 경우의 수 안에 존재했고, 지금 여기 이곳도 그 수에 포함될 뿐이었다. 강약의 순서를 바꾸며 왼손과 오른손을 조합하는 무궁무진한 확률, 드럼 치는 염진교는 그중 하나였다. 얼마 전까지만 해도 인강 한 편을 며칠 내내 틀어 놓고 시간만 죽이는 재수생이었는데, 이제는 드럼 앞에 앉아 규칙적으로 꾸준히 과로하는 초보 연주자였다. 드럼을 치다 보면 배가 고파서 끼니를 건너뛸 엄두도 나지 않았다. 아침, 저녁, 점심에 간식과 야식까지 챙겨 먹었다. 드럼이 보기보다 운동량도 많아서 팔뚝에는 처음 구경하는 근육이 붙었다. 몇 주 전에는 상상도 못한 변화였다.

"그렇다고 너무 연습만 하지는 말고. 죽어라 달릴 필요 없어. 좀 천천히, 알았지?"

태호가 웃으면서 진교의 어깨를 두드린다.

공부에도 신경 쓰라는 말이 아니어서 좋았다. 진교는 대학에 가지 않을지도 몰랐다. 얼마 전까지만 해도 못 가는 것이었지만 이제는 안 가는 것이다. '못'에서 '안'으로, 그건 진교가 오랜만에 자기 인생에 적극적인 의지를 품었다는 뜻이었다. 요즘에는 태호 쌤처럼 작은 회사에 다니면서 저녁이나 주말마다 드럼 치는 삶을 살면 어떨까 하는 꿈을 꾸게 되었다.

태호가 목요일 저녁에 새로운 스트로크를 가르쳐 주면 진교는 배운 내용을 한 주 동안 복습했다. 마른 땅에 우물을 파듯 파고들었다. 발코니에 열흘 넘게 널어 둔 티셔츠처럼 바싹 마른 땅이었는데 파다 보니 물이 나왔다. 한두 방울로 시작한 물은 두 모금, 세 모금이 되어 입술과 목을 적셨다. 그제야 물의 감촉과 빛깔이 느껴졌다. 태호 말대로 좀 천천히 숨을 고르면서 걸어가도 괜찮았다. 드럼이 어느 박자엔가 스틱과 착 달라붙으며 명쾌한 리듬으로 출렁일 때, 맑은 물을 마신 듯 가슴속이 시원해졌다. 졸음에 겨워 흘려듣던 설교 한 토막이 생각났다. 예수님이 우물가에서 사마리아 여인에게 했다는 말. 물은 마셔도 다시 목마르겠으나 내가 주는 물은 그 사람 속에서 영원한 샘물이 될 것이다……. 드럼의 울림이 샘물처럼 몸과 마음으로 스며들었다. 내가 여기까지 왔구나, 진교는 생각했다.

"학생, 혹시 입시 준비 중이야?"

최 장로가 물었다.

"실용음악과를 가려나 봐? 재수한다고 들었는데."

윤 권사가 말했다.

진교는 드럼 앞에 앉아 눈을 껌벅거렸다. 앞에 선 두 남녀가 누구인지는 알았다. 각종 교회 행사를 도맡아 진행하고 헌금도 많이 내고 그만큼 목소리도 큰 사람들.

"어, 그게, 그건 아닌데……."

공식 직함은 재수생이지만 실용음악과 입시생은 아니니까.

"아니야? 그럼 지금 뭐 하는 건데?"

최 장로도 눈을 깜박인다. 정말이지 이해가 안 된다는 표정이다.

"드럼 연습…… 하는데요."

"그건 우리도 알지. 아는데, 연습을 왜 하냐니까?"

"찬양 반주 때문에요."

최 장로와 윤 권사가 마주 본다. 한숨을 내쉬고, 어깨를 으쓱하고.

"아, 기도하시려고요? 비켜 드릴게요."

드럼 스틱을 정리하며 어쩐지 기가 죽은 진교, 목소리가 기어들어 간다.

기도하러 오는 사람이 있으면 진교는 연습을 멈추고 집에 갔다. 밥이나 간식을 먹은 다음 땀을 씻고 돌아오면 방석에 무릎을 꿇고 앉아 기도하던 이는 가고 없었다. 그러면 다시 드럼을 쳤다. 이 세상에는 조용한 기도가 있는가 하면 시끄러운 기도도 있다고 생각하면서. 자기가 무엇을 기도하는지는 진교도 몰랐다. 드럼 소리가 높아질수록 마음은 차분해졌다.

"기도? 기도야 항상 하는 거고, 지금은 학생한테 한마디 해야겠어. 학생 때문에 다들 고생이 이만저만이 아니야."

진교에게 한 발짝 다가서는 윤 권사.

"저요? 왜요?"

진교는 놀란 나머지 의자에서 일어났다.

"그래, 어른이 얘기하는데 일어나야지."

"왜긴, 시끄러워서 고생이지. 학생 귀에는 학생 소리가 안 들려? 참다 참다 장로님하고 내가 대표로 온 거예요, 뭘 그렇게 쇠 쟁반 깨부수는 소리를 내나."

쇠 쟁반 깨부수는 소리!

진교는 빰이라도 맞은 듯했다. 저번 주에는 태호 쌤에게 나날이 좋아진다고, 박자 감각에 리듬 타는 흥까지 제법이라는 칭찬을 듣고 부상으로 삼겹살과 냉면을 받았는데. 진교가 추구하는 목표와 쇠 쟁반 깨부수는 소리는 삼겹살과 살치살을 넘어 하늘과 땅만큼이나 차이가 났다.

"그렇게 점잖게만 말씀하시면 이 친구 못 알아들어요. 학생, 내가 툭 터놓고 얘길 할게. 시도 때도 없이 쿵쿵대지 말고 적당히 좀 해. 귀에 딱지가 앉게 생겼어. 교회 혼자 쓰나? 이 교회가 학생 거야? 아니지, 주님 것이지!"

최 장로가 목소리를 높인다.

"아이고 장로님, 진정하세요. 애 놀랍니다. 좋게 좋게 해야지요. 학생이 아직 어려서 잘 모르나 본데 교회란 데는 말이야, 마음대로 시끄럽게 하고 쿵쾅거리고 그런 데가 아니에요. 모름지기 경건하고 정결해야지. 예배하고 기도하는 집이거든."

윤 권사가 오른손으로 강단 뒤쪽, 벽에 걸린 십자가를 가리켰다. 최 장로가 허리에 손을 얹은 채 고개를 끄덕인다. 진교의 눈에 십자가는 각지고 딱딱한 나무토막으로만 보였다. 진교는 그 엄숙한 십자가가 들썩일 만큼 힘차게 드럼을 치고 싶었다. 태호 쌤처럼 온 마음을 다해 온몸으로 말이다. 어쩌면 그것이 진교의 기도인지도 몰랐다.

“독학은 아닐 테고, 한태호 선생한테 배우나?”

“네…….”

몸이 움츠러든다. 왜 태호 쌤을 욕 먹이는 기분일까.

“잘못 가르쳤네. 잘못 배웠어. 기술이 아니라 마음을 깨쳐야지. 하나를 보면 열을 아는 건데 길게 말해 봤자 입만 아프고, 모여서 중보 기도라도 할라치면 시끄러워서 집중이 안 돼. 오늘부터 쭉 특별 기도회니까 드럼이든 쟁반이든 집에 가서 해요.”

“한 번 실패를 했으면 죽을 각오로 공부에 매달려야지, 여기서 드럼이나 두들기면 쓰나.”

“우리도 다 자식 키워서 대학 보내 봤으니까 입시 준비라면 또 참겠는데 그것도 아니고.”

진교는 쫓기듯 소지품을 챙겼고, 예배실 문 앞에 이르러서는 등을 떠밀리며 실제로 쫓겨났다. 윤 권사가 계단 중턱에 선 진교를 향해 어서 가라며 손을 내젓더니 옆방으로 들어갔다. 방 안에서 왁자지껄한 목소리가 들려왔다. 그다지 경건한 느낌은 아니었다. 진교는 몰랐지만 최 장로가 ‘원, 드럼도 잘 치는 드럼이면 듣기라도 좋지. 드럼통이 아니라 깡통이라니까’ 하고 말해서 사람들을 웃긴 참이었다.

- 쌤, 시끄럽다고 교회에서 드럼 치지 말래요. 어떡해요?

태호에게 메시지를 보냈다. 목요일 오후 4시. 태호는 세 시간만 지나면 드럼을 가르치러 교회로 올 테고, 이 문제를 어떻게든 해결해 줄 것이다. 그렇게 믿고 싶었다. 괜찮아, 괜찮다고, 불안감을 억눌렀다. 앞으로 드럼을 못 치게 될지도 모른다고 생각하니 망치로 내려친 쇠 쟁반처럼 우그러지는 마음. 내년부터 드럼 앞에 앉아 연주하는 모습을 상상했다. 버릇처럼 반복하는 상상이었다. 처음에는 사람들 앞에서 드럼을 친다. 그러다가 드럼과 진교, 둘만 남는다. 이번에는 드럼마저 사라지고 진교뿐이었다. 태호 쌤이 저 두 사람에게, 그 뒤의 여러 사람에게 질지도 모른다. 그러면 진교는 드럼 세트가 놓인 예배실에서 추방될 것이다.

유리문이 열리더니 노숙자 할아버지가 들어왔다. 할아버지는 진교의 맞은편, 자판기 옆에 섰다. 에어컨 바람이 불어와 고이는 자리다. 어깨와 눈매를 늘어뜨린 채 진교를 보는 할아버지. 진교도 시무룩한 얼굴로 할아버지를 바라보았다. 셔츠와 바지는 시커멨고 버짐과 때가 얼룩진 얼굴과 목덜미는 땀으로 번들거렸다. 교회 사람들은 할아버지를 고장 난 자판기 대하듯 지나쳤다. 이곳에서 할아버지는 생물이 아니라 정물이었다. 진교도 그랬다. 로비 구석에 선 진교에게 아무도 관심을 기울이지 않았다. 진교가 드럼을 치면 시끄럽다고 싫어하면서도 그럴 때만 진교를 알아차리는 사람들.

땀이 식을 만큼 시간이 흘렀다. 할아버지가 기침을 쿨럭이더니 바닥에 침을 뱉고는 출입문 쪽으로 걸어간다. 모서리 한쪽에 구멍이 뚫린 비닐봉지에서 무엇인가 떨어진다. 진교는 떨어뜨린 물건을 눈치채지 못하고 나가는 할아버지를 부르려다가, 그만두었다. 정물이 정물에게 말을 걸다니 이상한 일 같아서였다.

교역자실에서 나온 전도사가 얼굴을 찌푸리더니 창문을 열어 냄새를 뺐다. 멀어지는 노숙자 할아버지를 유리문으로 내다보고는 고개를 내젓는다.

"이게 뭐지?"

대걸레로 바닥을 닦다가 할아버지가 떨어뜨리고 간 물건을 발견한 전도사. 가짜 금도금을 한 목걸이였다.

"이거 누구 건지 아세요?"

지나가는 사람들을 붙잡고 물어본다. 다들 모르겠다고 한다. 진교는 아무 말도 하지 않는다. 질문을 받지 않았으니까. 전도사는 교역자실에 있는 자기 책상의 모니터에 목걸이를 걸쳐 놓았다. 늦은 오후의 햇볕을 받아 반짝이는 목걸이. 누구 것인지 알았으면 아무도 줍지 않았겠지, 손도 대지 않았겠지, 생각하니 진교는 우습고도 서글펐다. 가방에 손을 넣어 드럼 스틱을 붙잡는다. 꽉 잡지 않으면 열아홉 살 한여름의 드럼, 그 빛나는 보물을 잃어버리기라도 할 듯이.

"제가 드럼 반주를 못 하게 돼서 내년부터 드럼이 비는 상황입니다. 진교가 열정이 넘쳐서 좀 지나쳤다는 건 저도 인정하지만……."

태호가 말을 시작하려는데,

"비면 비게 놔두라죠. 드럼 빠진다고 예배가 안 돼요? 내가 없으면 안 된다, 이거 없으면 망한다, 이런 생각이 다 주님 앞에 오만이에요. 찬양에서 제일 훌륭한 악기는 마음이고, 그다음이 목소리 아니던가요? 찬양단을 그렇게 오래 인도한 분이 그걸 몰라요?"

"한 선생, 연습을 꼭 교회에서만 하란 법이 어디 있어요? 집에서 하면 되지. 집에서도 다 됩니다."

윤 권사와 최 장로가 막아섰다. 두 사람은 진교가 교회에서 드럼 연습을 하지 말아야 한다고 주장하는 중이었다.

"집에서 하면 된다고요? 그럼 두 분은 집에서 기도하시지 왜 교회까지 나와서 기도회를 여시는 건데요?"

"드럼 얘기 하다가 갑자기 무슨 소리예요?"

"말씀을 듣다 보니 그렇잖아요. 그 왜 성경에도 나오지 않나요? 기도는 각자 골방에 들어가서 문 닫고 하라고요."

"한태호 선생!"

"네, 저 여기 있습니다. 본론으로 돌아가서요, 아예 하지 말란 말씀은 마시고 서로 양보를 하면 어떨까요. 다음 세대를 계속 키워야 교회 전체에도 복이 되는 거고요. 진교도 제가 조심시키겠습니다."

협상안이 나왔다. 첫째, 드럼 연습은 월요일과 수요일을 제외한 평일 오후 1시부터 3시까지 '최대한 조용히' 한다. 둘째, 목요일 저녁에 하는 드럼 수업도 한 시간을 넘기지 않는다.

태호는 지하 예배실로 가서 드럼에 커버를 씌웠다. 드럼 소리를 줄여 준다는 고무 재질이었다. 진교는 그 모습을 우울한 낯빛으로 지켜봤다.

"이렇게 하면 소리가 좀 덜 날 거야. 연습용 패드도 갖다줄 테니까 집에서 써. 진짜 드럼하곤 비교가 안 되겠지만 아쉬운 대로 쓸 만은 해."

"네, 그럴게요."

"진교야, 미안하다."

태호가 커버를 씌우던 손길을 멈추더니 말했다.

"네? 아뇨, 쌤이 왜……. 제가 죄송해요. 괜히 저 때문에."

두 사람은 말없이 눈빛을 나누었다. 아침부터 밤까지, 눈 뜨고 일어나 눈 감으며 눕기 전까지, 커다란 파도에 온몸을 적시듯이 온 마음을 다하는, 그런 몰두의 시간은 갔다. 되돌아오지 않는다.

연습하다가 시계를 보니 2시 30분. 쇠 쟁반 깨부수는 소리라는 말이 떠올라서 기운이 빠졌다. 태호 쌤에게도 창피해서 전하지 못한 말이다. 집에나 가야겠다.

로비로 나갔더니 노숙자 할아버지가 자판기 옆에 서서 에어컨 바람을 쐬는 중이었다. 교역자실에서 피자 냄새가 흘러나왔다. 진교는 교역자실로 향했다. 소파에 둘러앉아 피자를 먹는 사람들. 모니터에 걸린 목걸이를 가지고 나와 할아버지에게 건넨다.

"이거요. 저번에 흘리고 가셔서……."

할아버지는 때가 낀 손바닥에 목걸이를 올려놓고 바라본다. 조용조용 떨리는 손, 참새가 앉았다가 떠난 전깃줄처럼. 멍한 눈에 초점이 돌아온다. 목걸이를 바지 주머니에 넣더니 검은색 봉지를 뒤적인다. 새것으로 바꾸었는지 구멍이 없다. 할아버지는 봉지에서 크림빵을 꺼내서 진교 손에 쥐여 줬다. 크림이 새어 나와 포장 안쪽에 묻었다. 유통기한은 내일까지. 진교는 빵을 받았다. 빵집 안을 들여다보던 할아버지의 눈빛이 기억에 생생했다. 거절하기는 싫었다. 할아버지에게 이 빵은 오늘 치 보물일 테니까.

"집에 가서 우유랑 먹어."

할아버지가 쉰 목소리로 말했다.

"밑에 가서 같이 드실래요? 과자랑 음료수도 있는데."

자기도 모르게 한 말이다.

할아버지는 잠시 망설였지만 진교를 따라서 지하 예배실로 내려갔다. 진교는 서랍장에서 꺼내 온 과자와 음료수를 할아버지에게 건넸다. 뒤쪽에 늘어선 의자에 앉는 두 사람. 할아버지는 떨리는 손으로 과자를 먹으며 부스러기를 흘렸고, 바닥에는 끈적이는 음료수 자국을 남겼다.

"잘 듣고 있어."

할이비지가 앞쪽을 가리키며 말했다.

진교는 할아버지가 십자가를 가리키며 주님의 음성을 잘 듣고 있다고 말하는 줄 알았다. 하지만 할아버지의 손끝이 향한 곳은, 드럼이었다.

"안 시끄러우세요?"

"그냥 좀……."

"쟁반 깨부수는 소리래요."

태호 쌤에게도 못 한 말이 왜 이 할아버지 앞에서 튀어나왔는지.

할아버지가 바지 주머니를 뒤적거린다. 가짜 금칠이 벗겨지고 쇠 냄새를 풍기는 목걸이를 꺼내어 손에 쥐고 들여다본다.

"이게 다이아몬드라면……."

혼잣말하듯 중얼거리는 할아버지.

하지만 그건 가짜잖아요, 진교는 말대꾸를 삼켰다. 그 싸구려 목걸이를 굳이 가져다준 사람이 진교였다. 할아버지가 교역자실에 발을 들이지 못하리라는 사실을 알아서였다. 아무도 할아버지에게 목걸이를 잃어버렸느냐고 묻지 않을 것이다.

"원래는 돌멩이라던데."

"뭐가요?"

"다이아몬드."

"아아, 네. 그렇대요."

"돌멩이도 그런데…… 사람은 어떻겠어."

"네?"

"사람은 살도 있고 뼈도 있으니까……."

할아버지는 생각과 느낌을 말로 빚어 줄 표현을 찾지 못해 답답한 나머지 손을 휘젓는다. 흔들리는 목걸이, 창문으로 새어 드는 햇빛을 받아 빛난다. 진교는 목걸이를 바라보았다. 우물처럼 깊은 곳에 고인 할아버지의 말이 빛을 타고 진교에게로 흘러들었다.

돌멩이를 다듬으니까 보석이 되잖아. 돌멩이도 그런데 사람은 어떻겠어? 살이랑 뼈가 있고 피가 흐르는데, 나중에 가서는 얼마나 반짝반짝 환할까.

할아버지는 말이 없지만 진교는 그 말을 들었다. 드럼이 놓인 지하 예배실, 좁고 낮은 이곳에서.

에어컨이 찬 바람을 뿜었다. 할아버지는 답답함을 떨치고 시원하다는 표정을 지었다. 할아버지의 말과 표정이 진교 마음속에서 샘물이 되었다. 찰랑, 샘물 일렁이는 소리. 이제 진교와 할아버지는 돌멩이 같은 정물이 아니었다. 피와 살이 있고 뼈가 탄탄한 생명, 사람이었다.

진교는 이상한 기쁨으로 가슴이 터질 듯했지만 무슨 말을 해야 할지 몰랐다. 쭈뼛대다가 빵을 봉지에서 꺼낸다. 한입 베어 물자 입 안에 퍼지는 크림 맛. 빵을 다 먹은 뒤 드럼 앞으로 가서 앉는다. 배가 든든했다. 쇠 쟁반 깨부수는 소리라고? 쇠와 돌이라도 깰 만큼 힘이 솟았다.

3시가 되려면 10분 남았다. 10분, 누군가의 마음을 어둡게도, 환하게도 할 수 있는 시간이었다. 진교는 신이 나서 드럼을 친다. 할아버지는 신나게 드럼 치는 진교를 지켜본다. 드럼 소리가 커다란 웃음소리처럼 퍼져 나갔다.

열아홉 살, 그 여름에 반짝이는 웃음이었다.

수지분식

✦

수지분식이 원래는 순지분식이었다는 사실을 알았는데도 나는 떡볶이를 끊지 못할 모양이다. 사흘 전, 쫄면 사리를 포크에 둘둘 말아 입으로 (쑤셔) 넣는데 현순지와 눈이 마주쳤고 그 순간 으악, 망한 거였다. 현순지와 맞닥뜨릴 위험이 있는데도 계속 떡볶이를 먹으러 오기는 좀 그랬으니까. 혀가 뒤틀리는 노력으로 며칠간 떡볶이를 참았으나 금단 증상이 찾아오자 결심했다. 살던 대로 살자, 이러다 죽는다. 그리하여 지금, 수지분식으로 가는 중이다. 그 집 떡볶이는 최고다. 즉떡의 지존이자 즉떡 그 자체다.

가는 동안 분식집에서 현순지와 마주친 그날 이야기나 해 볼까.

2학기 기말고사 마지막 날.

1교시는 수학, 그 뒤로는 침대 밑에서 발굴한 양말에 붙어 나오는 먼지처럼 줄줄이 이어지는 암기 과목. 엄마가 왜 그리 먼지에 치를 떠는지 알 듯했다. 난 암기 과목이라면 질색이다. 그냥 외우면 된다지만 이해가 안 되는데 어떻게 외우냐고. 일일이 억지로 이해해 가며 외우자니 끄아, 세 과목이나 되는데 그럴 시간이 없고. 이런 합리적인 까닭으로 시험을 망쳤다. 알고 보면 이해 반에 암기 반이라 그런지 수학마저 시원찮았다. 나는 본능적 배고픔과 현실적 고뇌로 부글거리는 배를 끌어안고 버스에 탔다. 친구들이 불렀지만 못 들은 척했다. 걔들은 버스로 여섯 정류장이나 달려가서 즉떡을 먹자고 제안해 봤자 이게 미쳤나, 할 테니까. 떡볶이에 환장했냐고, 그럴 시간에 게임방이나 가자고 하겠지.

게임 됐고, 떡볶이가 필요해! 과다 출혈로 죽어 가는 환자에게 수혈이 필요하듯이 내겐 떡볶이가 필요해! 전날과 전전날, 전전전날 시험도 망쳤기 때문에 내 미래와 희망은 피를 쏟으면서 의식을 잃어 가는 중이었다. 성적표 나오면 엄마한테 맞아 죽든가 죽도록 맞으리라는 두려움이 엄습했다. '엄습'이란 단어를 알아 두길 잘했다. 쓸모가 많다. 쓸 일이 없으면 더 좋겠지만 아무래도 난 양호범이니까, 조이다 만 나사처럼 덜렁덜렁 어설프니까, 엄습이와 친하게 지내야 한다. 망한 기말고사와 같은 시련이 시도 때도 없이 내 인생에 들이닥치는데 엄습이가 없으면 그 온갖 구린 감정은 누가 맡아. 당황스러움(이거 아니잖아?), 패배감(졌다 졌어!), 후회(역시 태어나지 말걸 그랬나……) 등등의 습격을 무슨 단어로 처리하느냐

말이다.

분식집은 한산했다. 평소보다 이른 오후인 데다가 점심시간이 지나서 그렇겠지. 사장님이 부엌문으로 내다보더니, 우묵한 프라이팬에 떡볶이 2인분, 라면과 쫄면 사리 하나씩을 담아서 내왔다. 내 얼굴이 주문서인 셈이다. 휴대용 가스레인지에 프라이팬을 올리자 육수가 출렁거렸다. 간장에 물 탄 색깔인데 먹어 보면 달콤하고 산뜻해서 간장에 물 탄 맛을 초월하는 육수. 이 집 떡볶이의 심장이자 브레인이다.

"오늘은 빨리 왔네?"

"아, 시험이라서요."

반년 가까이 이틀이 멀다 하고 드나들었지만 사장님이 말을 붙이기는 처음이었다. 교탁보다 무뚝뚝한 분이다. 그래서 편했다. 넌 왜 혼자 다니니, 친구 없니, 묻지 않아서. 친구는 있는데 떡볶이 친구가 없어요, 대답하기란 구차하니까.

"새별고 다니나 봐?"

그러고 보니 교복 차림이다! 나는 깜짝 놀라 안절부절못했지만 그것도 잠시, 에이 뭐 어때, 하고 포기했다. 기말고사전에서 대패한 장수가 무장은 해서 뭐하게. 이제껏 사복은 나의 전투복이었다. 4인용 탁자에 혼자 앉아 떡볶이 2인분에 사리 두 개에 볶음밥까지 포함하여 5인분 양을 해치우는 파이터, 양호범! 버스로 여섯 정류장이나 떨어진 새별고에서 왔습니다, 광고하는 일을 막아 주는 방

어막이기도 한 사복. 혼밥으로 맥날이나 맘터라면 몰라도 즉떡은 좀 그랬다. 어쩐지 사연이 있을 것 같고 친구는 없을 것 같고 그렇단 말이지. 사연이라 해 봤자 엄마의 권유(라기보다는 강요)로 다니게 된 학원 근처 뒷골목에서 이 가게를 발견했고, 한번 먹어 보자 싶었는데 수백 번 먹는 중이라는 줄거리가 다였지만.

"우리 애도 새별 다녀."

이럴 수가, 완전 반전! 나는 입을 벌리고 눈을 끔뻑거리며 사장님이 '우리 애'의 이름을 말하기를 기다렸지만 영화나 드라마를 보면 꼭 그렇듯이 다른 손님이 들어와서 대화가 끊겼다. 누굴까, 우리 애 누굴까, 고민하는 사이 떡볶이가 끓었다. 말랑 쫀득한 떡을 입에 넣자마자 나는 내가 뭔가를 고민했다는 역사 자체를 잊었다. 입 속의 즉떡만이 현실이었다. 10분쯤 지났을까. "여기 밥 볶아 주세요!" 외치고 사장님이 밥과 달걀 프라이, 김 가루를 대접에 담아서 가져다주자 그걸 육수가 남은 프라이팬에 부어서 내가 나에게 밥을 볶아 준 다음 닥닥 긁어 먹다가 마지막 남은 세 숟가락을 한 숟가락으로 다져서 입이 터져라 욱여넣는 순간, 새별고 교복 입은 '우리 애' 등장.

현순지였다. 같은 반 현순지.

깜짝을 넘어 화들짝 놀라는 바람에 꿀떡, 세 숟갈 같은 한 숟갈이 목구멍으로 넘어갔다.

"양호범."

현순지가 가방끈을 두 손으로 붙잡아 당긴 채 걸어오더니 말을 걸었다.

"현순지."

나는 휴지로 입가를 닦으면서 말했다.

"너였구나."

현순지와 내가 동시에 말했다.

"엄마가 내 또래 중독자 한 명 있다고 해서 누군가 했더니."

"안 그래도 좀 전에 네 얘기 하시더라."

현순지는 빈 그릇만 봐도 네가 얼마나 먹어 치웠는지 알겠다는 얼굴로, 번쩍거리게 숟가락 설거지가 된 프라이팬을 내려다보았다. 그나저나 중독자라고? 이 아주머니가 진짜! 딱이잖아! 작명 센스가 있으시네. 중독자는 나 말고도 여럿이었다. 등굣길마다 버스에서 마주치는 사람이 있듯 분식집에서 얼굴을 익힌 손님이 한둘이 아니었으니까.

"여기가 왜 수지분식이야? 순지분식이 아니라?"

순지분식이었으면 현순지와 관련이 있지는 않을까 한 가닥 의심이라도 해 봤을 텐데. 순지와 수지는 니은 받침 하나 차이지만 분위기가 달라도 너무 다르다.

"원래는 순지였어. 어느 날 '순'에서 니은 자가 떨어져서 '수지'가 된 거지."

"글자 떨어진 자국 없던데?"

"아빠가 페인트로 칠했으니까."

페인트칠하러 사다리 타고 올라갔으면 떨어진 니은 자를 붙이는 편이 나았을 텐데 생각하는 찰나, 현순지가 내 생각을 읽은 듯 말했다.

"내가 붙이지 말고 놔두라고 했어. 애들이 현순대 현순대 해서 성가셨거든. 근데 양호범?"

"어?"

"입에 양념 묻었어."

스마트폰 액정에 비춰 보니 좀 전에 닦는다면서 퍼뜨린 모양이다. 나는 휴지로 살갗이 따갑도록 입가를 문질렀다. 순지가 가방에서 물티슈를 꺼내서 내밀었다. 물티슈로 양념을 닦으면서도 마음이 편치 않았다. 길 가다가 공짜로 받은 물티슈라지만 얘가 나한테 왜 이러지? 우리는 같은 반이지만 서로 종(인간), 성별(여자와 남자), 이름(현순대와 양엄습, 아니 현순지와 양호범) 정도나 아는 사이였는데. 수지분식이 사실은 순지분식이고 현순지가 단골 떡볶이집 딸이라니, 상상도 못 한 일이었다. 그렇다고 해서 빅뉴스나 핫이슈까지는 아니지만. 얘가 왜 친한 척일까, 나 계속 떡볶이 먹으러 와도 되나, 머릿속이 와글거렸다. 혼자서 즉떡 5인분을 먹으러 다니는 남자애라며 현순지가 나한테 괴상한 태그를 달지는 않을지 신경 쓰였다. #3반양*범고독한떡볶이왕따 #걸신들린떡볶이귀신양호*따위 말이지.

"너, 우리 집 떡볶이 못 먹게 되면 어떨 거 같아?"

말만 들었는데도 아찔하다! 걸신이고 왕따고 뭐고, 나는 그 순간 중독자일 뿐이었다. 손님이라지만 중독자 수준쯤 되면 왕도 아니고 갑도 아니고 을이다, 을. 현순지가 이 집 딸이라는 권력을 휘둘러 출입 금지 처분을 내릴지도 모른다는 망상이 핏줄을 타고 온몸으로 퍼져 나갔다.

"그런 건 왜 물어? 호, 혹시 폐업? 아니지? 아니지!"

현순지는 대답 대신 아리송한 눈빛만 남기고는 사라졌다.

그날 이야기는 끝났고, 자, 도착했다.

자세히 보니 현순지 말마따나 간판의 '수' 자 밑에 페인트 덧칠한 자국이 남은 수지분식. 잉? 저게 뭐지? '당분간 쉽니다'라는 종이가 우그러진 덧문에 붙어 있다. 며칠을 참다가 달려왔는데 말도 안 돼! 눈앞이 캄캄해지고 입술이 마르는 금단 증상이 엄습했다. 떡볶이 많이 먹은 죄밖에 없는 나한테 무슨 짓이야. 내가 여기서 쓴 시간과 용돈과 위액이 얼만데. 이것은 떡볶이를 가진 자의 횡포다. 철문을 붙들고서 떡볶이 주세요, 항의인 척하는 애걸이라도 하고 싶었다.

"문 닫았다니까?"

2층 창문이 열리더니 현순지가 고개를 내밀고 외쳤다. 저기 사는구나. 학교에서 집까지 공유 헬기라도 탔나, 빨리도 왔다.

"언제까지!"

나는 고개를 젖히고서 소리쳤다.

"한 달!"

한 달을 쉰다면 방학 내내 떡볶이를 못 먹는다. 얼마 있으면 겨울 방학이 시작된다.

"뭐, 너 하기에 따라 좀 달라질 수도 있지만."

그러더니 현순지가 2층에서 내려왔다.

"너랑 나랑 둘이서 떡볶이를 팔자고?"

"몇 번을 말해. 그렇다니까."

"사장님이 허리 수술 받고 회복하실 때까지, 한 달이나?"

"말했잖아. 일주일에 한 번, 두 시간씩, 총 네 번이라고. 어쩔래? 할 거지?"

"미쳤냐? 열일곱이 어떻게 떡볶이를 팔아."

"미치겠네. 열일곱이 어떻게 떡볶이도 못 파냐! 그리고 1월부터니까 한 살 더 먹은 다음이라고."

"이러는 이유가 뭔데."

"꼬치꼬치 따지긴 떡꼬치냐. 할 거야, 말 거야? 그거부터 정해."

"안 해. 못 해."

"그래? 알았어."

"자, 잠깐만! 안 하면, 아니, 못 하면 나, 난…… 그럼 어떻게 되는 건데!"

"응, 너한텐 안 팔아. 출입 금지야."

"이럴 줄 알았어! 이럴 줄 알았다고!"

"알면서도 그래? 어리석은 선택의 대가를 치러라, 중독자."

"그 정도 일정이면 너 혼자서도 될 거 같은데 나까지 끌어들이는 속셈이 뭔데?"

"끌어들이긴? 한 달 못 먹을 걸 일주일에 한 번씩 먹여 주겠다는데 고마운 줄도 모르고. 그래, 너 같은 애가 딱 은혜를 원수로 갚는 캐릭터지."

"유세 좀 그만 부려라, 쫌!"

"됐고, 버는 돈은 반반에 보너스로 매주 떡볶이. 한 번에 한 팀씩만 받을 거고, 누가 그 주의 손님이 될지는 미리 신청받아서 정할 거야."

"무슨 오디션이냐, 신청을 받게? 그러다가 욕먹어서 배 터져."

"욕할 거면 하라고 해. 무슨 상관."

"후계자 연습 같은 거야? 분식집 이어받으려고?"

"그럴 거였으면 간판에서 니은 자 떨어졌을 때 다시 붙여 달라고 했겠지. 아 참, 분식집 내년 여름까지만 한다. 그담엔 아예 간판 내려."

"뭐어어어어어어어어엇?"

"건물 주인이 가게도 빼고 집도 빼래. 엄마는 이참에 장사 접는

대. 허리도 장사하느라 골병들어서 아픈 거거든. 수술한 다음에는 조심조심 살아야 한다더라. 그렇게 되면 넌 영영 우리 집 떡볶이 못 먹는 거야, 중독자."

"잔인해!"

"잔인하다고? 보너스로 매주 떡볶이에 평생 떡볶이까지 줄 맘이 있는데, 난? 물고기뿐만 아니라 물고기 잡는 법까지 제공하겠다는 거지."

"자, 잠깐만. 매주 떡볶이가 물고기면 평생 떡볶이는…… 물고기 잡는 방법? 그게 뭔데? 어쩌겠다는 건데?"

"우리 엄마의 떡볶이 비법을 전수해 주지!"

"헉!"

"비법 알면 게임 끝이지. 평생 매일매일 떡볶이만 먹고 사는 거야. 단, 영양실조로 요절해도 난 책임 없음."

"내가 그 비법으로 장사해서 부자 되면? 그래도 돼?"

"매일매일 열두 시간씩 한 달에 30일 장사한 우리 엄마도 부자가 못 됐는데 양호범이? 뭐 그러시든가. 허리나 조심하고."

"떡볶이 비법이란 거대 당근을 던지는 이유가 뭐냐, 현순지."

"넌 보기보다 이유가 중요하구나? 너 떡볶이 먹는 거 보는 순간 이거구나 싶었는데. 떡볶이만 주면 뭘 시키든 묻지도 따지지도 않게 생겼거든. 아, 잘못 짚은 건가."

"내가 '이거'냐? 그리고 학교에서 맨날 얼굴 본 사이면서 뭘 처음

본 것처럼."

"사람이 사람을 말이야, 맨날 본다고 맨날 보이는 줄 알아? 어떤 사람이든 그 사람의 진짜 모습을 처음으로 발견하는 순간이 있는 거야. 너 사람들이 뭐 먹을 때 얼마나 솔직한 얼굴이 되는지 모르지?"

"뭐래. 질문에나 답해. 첫 번째, 왜 그런 이상한 방법으로 떡볶이를 팔려는 건데? 두 번째, 이상한 짓을 같이할 사람은 왜 굳이 찾으려는 걸까. 세 번째, 왜 나냐!"

"세 번째 질문은 방금 답했으니까 첫 번째 질문부터. 너 떡볶이 5인분 먹는 데 얼마나 걸려?"

"음, 20분?"

"그렇지? 사람들이 말이야, 우리 엄마 떡볶이를 너무 후다닥 먹어 치워. 숨도 안 쉬고, 사진이나 철컥철컥 찍고. 전투적이야."

"맛있으니까 그렇지. 몸으로 바치는 찬사 같은 거, 몰아치는 박수갈채 같은 거, 그런 거지. 나 지금 되게 멋있는 말 한 거 맞지?"

"때론 박수보다 침묵이 더 진심 어린 찬사가 아닐까 싶은데."

"딴 데로 새지 마라, 현순지. 얼렁뚱땅 넘어가려고 수 쓰지 말라고."

"사람들이 우리 엄마 떡볶이를 천천히, 느릿느릿, 음미하면서 먹어 줬으면 좋겠어. 떡볶이 20년 팔고서 은퇴하는 엄마한테 공로상을 주고 싶단 얘기야. 은퇴 선물이나 기념 공연이라 해도 좋고. 정작 엄마는 그런 거 받았는지도 모르겠지만. 뭐, 모르고도 느끼는 기쁨이란 게 있으니까."

"……."

"감동했냐? 아, 이해가 안 돼서 멍한 거구나. 두 번째 질문에 답하지. 왜 같이할 사람을 찾느냐, 내가 좀 특이한 몸이라서 그래. 떡볶이 팔려면 도움을 받아야 돼."

"손에 물 한 방울 안 묻히고 자란 귀한 몸이라 알바가 필요하다? 그래서 며칠 전에야 너랑 처음 마주쳤구나? 엄마 설거지도 한 번 안 도와 드렸지? 앞에 앉은 '이거'가 부려 먹기 딱 좋게 생겼지?"

"안 한 게 아니라 못 한 거야. 알지도 못하면서. 결정이나 내려. 어쩔래?"

"정말 비법 알려 주는 거야?"

"약속."

"알고 보니 고향의 맛 한 국자, 그런 거면 무효야."

"우리 엄마 떡볶이를 뭐로 보고!"

"알았어. 콜!"

수지분식에서 느림보가 되세요!

떡볶이를 천천히, 느릿느릿 드실 손님을 찾아요.
4주간의 특별 행사!

언제?

- 1월 첫째 주부터 넷째 주까지 4주 동안
- 매주 토요일 오후 5시부터 7시까지 두 시간 동안

누가?

한 주에 한 팀씩, 팀당 최대 4명

무엇을?

① 5:00~5:20 나와 떡볶이에 관한 명상

② 5:20~6:40 떡볶이 음미

③ 6:40~7:00 떡볶이와 우주에 관한 명상

어떻게?

좋아하는 날씨와 까닭, 연락처를 적어서 문 앞 상자에 넣어 주세요. 심사숙고하여 선정한 다음 연락 드릴게요.

이것만은 꼭!

- 두 시간 동안 대화, 혼잣말, 질문 금지!
  (주문 사항은 종이에 적어 주세요.)
- 스마트폰 절대 완전 엄청 금지! 전원을 끄고 들어와 주세요.
  문 앞에서 확인할 거예요.

- 떡볶이는 한 사람당 1인분씩만 주문하실 수 있어요.
  사리도 1인분으로 칩니다.
- 위의 규칙을 어기면 그 즉시 강제 퇴장!
  항의해도 소용없어요~!

하나부터 열까지 말이 되는 구석이라고는 없었다. 떡볶이 먹으러 와서는 웬 명상? 우주는 거기서 또 왜 나와. 뭐, 말을 한 마디도 하지 마? 스마트폰 검사까지 한다니 떡볶이 학교라도 되나. 떡볶이 먹겠다는 사람한테 좋아하는 날씨는 왜 묻는데! 마음에 안 들면 손님을 내쫓는다니, 심했다. 아주 심했다. 중독자라도 손님은 손님인데 손님한테 그러면 안 된다. 그중 가장 말이 안 되는 일이 무엇일까요. 광고문을 분식집 덧문에 붙였더니 진라면 순한 맛 상자 속으로 참가 신청이 빗발쳤다는 점이다. 현순지는 자기가 말한 대로, 신청자 중에서 누구를 손님으로 택할지 심사숙고해야 했다. 이런 제멋대로 갑질을 당하느니 나 같으면 안 먹고 만……다고 말할 자격이 없지, 내가. 평생 먹을 인생 떡볶이를 확보하려고 어이 상실 이상한 짓에 코가 꿰인 신세니까. 어휴, 중독이 이렇게나 무섭다. 이해가 안 된다고요? 그게 다 안 드셔 봐서 그런 겁니다.

첫 느림보 손님이 오는 날, 나는 현순지가 말한 대로 4시까지 분식집으로 갔다. 덧문이 올라가 있었지만 출입문은 잠긴 채였다. 현순지는 나를 가게 안으로 들여보내 주고는 문을 잠갔다.
"앞치마부터 입어. 떡볶이 만들 준비 해야 하니까."
"내가? 그럼 너는?"
"난 부엌에 들어가면 안 돼. 오늘은 너한테 일 가르쳐야 되니까 잠깐 들어가겠지만."
현순지는 나를 부엌으로 데려갔다. 입구부터 냉장고까지 직선거리로 2미터 정도를 걸어가는 동안 걔는 세 가지를 파괴했다. 부엌에 첫발을 들이자마자 오른발을 뻗어 쓰레기통을 걷어찼다. 플라스틱 쓰레기통은 반대편 벽까지 날아가서는 우두둑 관절 꺾는 소리를 내며 깨졌다. 그다음에는 걔 점퍼 자락이 싱크대 모서리에 걸렸는데도 전진을 멈추지 않는 바람에 옷 겉감이 찢어졌다. 거위 깃털이 빠져나와 허공을 날아다니고 난리도 아니었다. 나는 번개와 우레처럼 이어지는 파괴 행위에 넋이 나갔고, 현순지는 맥락도 없이 뒷걸음을 치더니 내 발등을 밟았다. 쓰레기통과 점퍼에 이어 희생물이 된 나는 비명도 못 지르고 바닥에 주저앉았다.
"내가 뭐랬어! 난 부엌에 들어오면 안 된다고 했잖아!"
아파서 죽을 지경인 피해자는 난데 얼굴이 벌게져서 화를 내는 가해자, 현순지.
"매번 이렇다니까. 그래 양호범, 미안해. 미안한데, 그만 일어날 때도 되지 않았냐? 난 내 발등에 식칼을 떨어뜨리고도 그렇게 엄살 부리지 않았다고."

시, 식칼! 쭈그리고 앉았다가는 정수리에 식칼을 맞을지도 모른다! 식칼의 칼날처럼 정신이 번쩍 들었다. 일어나는 반동력으로 소리친다.

"너! 나 막 부려 먹고! 괴롭히려고! 쇼 하는 거지!"

현순지는 아니라며 손을 휘둘렀다. 오싹하고 섬찟하다. 아니나 다를까, 현순지의 손등이 내 뺨을 후려친다. 그럴 거리가 아닌데, 그럴 자세도 아닌데. 눈물이 날 만큼 아픈데 눈물이나 흘리다가는 몇 대 더 맞겠다는 예감이 엄습. 손으로 뺨을 문지르고 다리를 절뚝거리면서 물러났다. 현순지가 설명하기를, 수지분식의 부엌에만 들어오면 사고를 치게 된다나. 그래서 엄마가 출입 금지령을 내리는 바람에 부엌 근처에는 얼씬도 안(못) 하기를 몇 년째란다.

"내가 생각해 봤는데, 시간의 흐름이 달라서 그런 거 아닐까? 여긴 엄마가 쉴 새 없이 바쁘게 일하는 데거든. 엄마의 빨리빨리 많이많이 에너지가 엄청엄청 쌓여 있어. 그런데 난 느릿느릿 꾸물꾸물 살고 싶단 말이지. 내가 들어올 때마다 엄마의 세계와 내 세계가 충돌해서……."

"뭔 헛소리야. 넌 그냥 조심성이 없는 거야!"

"다른 데선 안 그런단 말이야. 너 내가 학교에서 뭐 부수고 다니는 거 봤어?"

못 봤다. 수지분식에서 마주치기 전까지, 나는 현순지의 존재를 인식하는 순간이 한 달에 한 번도 없었다. 있는 듯 없는 듯 조용한 애였으니까.

"여기서 너, 힘이 세지는 건 맞는 거 같아. 미친 킹콩이야 완전. 발등 부스러질 뻔했다고."

"느린 건 강하니까. 그건 속도가 아니라 깊이거든."

그래, 너 강하다. 천하무적 킹콩, 천하제일 파괴왕. 나는 특별 안전 조치를 발령, 현순지를 부엌 밖으로 쫓아냈다. 저 멀리 떨어져서 떡볶이 만드는 방법이나 말해 달라고 했다. 즉떡 만들기는 요리라기보다 조립이었다. 프라이팬에 떡과 어묵, 사리, 육수, 양념장을 넣으면 끝. 나는 어묵을 썰고 떡을 씻었다. 채소는 들어가지 않으니 통과. 현순지는 출입문 쪽에 서서는 1인분마다 육수와 양념장을 얼마나 넣어야 하는지 목소리 높여 알려 주었다. 사장님은 찬바람이 불 무렵이면 다음 해에 쓸 육수와 양념장을 만들어 숙성시킨다고 했다. 냉장고에 가득한 육수와 양념장이 반쯤 사라지면 수지분식이 문을 닫는다. 괜찮아, 물고기 잡는 법을 배우면 되니까. 나는 마음을 달랬다. 현순지가 약속을 지켜야 할 텐데. 평생 떡볶이를 확보하려면 현순지가 하라는 대로 해야 하는 이 현실이 분하다. 인생이 나에게 새로운 형태로 고난을 안긴 셈이다.

첫 번째 느림보 손님은 두 명이었다. 문 앞에서 스마트폰 검사에 응하고 자리에 앉아 주문 사항을 종이에 적을 때까지는 순탄했다. 떡볶이 2인분. 간단하기 그지없는 주문서를 현순지에게 건네받아 즉떡을 조립하는데, 홀이 소란스러웠다. 프라이팬을 든 채로 나가 보니 손님들이 가게 밖으로 쫓겨나는 중이었다. 현순지는 두 사람의 등을 떠밀고는 출입문을 닫아걸었다. 저 힘센 팔과 드센 기운을 보시라.

"전원 끈 건 눈속임이고 폰을 하나 더 숨겨 왔잖아. 사진 찍어서 인스타에 올리려는 걸 적발했어. 사진을 찍어? 그건 음미가 아니라 자랑이지."

그렇다고 와, 손님을 진짜 내쫓냐. 쫓겨난 손님도 그렇게 생각하는 모양이었다. 손님을 손놈으로 대했다며 이 만행을 온 세상에 알려 이놈의 가게 문 닫게 해 주마 울부짖었다. 현순지는 귓구멍이 막혔는지 들은 척도 하지 않는다.

"그거나 먹자. 오늘의 보너스."

현순지가 즉떡 2인분이 담긴 프라이팬을 가리켰다. 손목이 아파오려던 참이라 프라이팬을 휴대용 가스레인지에 올렸다.

현순지가 정한 규칙은 현순지 본인과 나 양호범에게도 적용되었다. 아무 말도 하지 않기. 시간상 첫 번째 명상은 생략하고 2번 순서, 떡볶이 음미부터 시작.

떡과 어묵과 사리로 복작대는 5인분만 상대하다가 사리도 없이 떡만 2인분을, 혼자도 아니고 둘이서 먹자니 이걸 누구 콧잔등에 붙이나 심란했다. 떡볶이를 앞접시에 덜어 후후 불며 천천히, 느릿느릿 먹으려고 노력했다. 그래 봤자 나는 먹신. 느림보가 되기에는 식욕이 왕성한 먹보. 떡볶이 식탐만큼은 수지네 즉떡만큼이나 최고다. 이러다가 등껍질에 굼벵이 업은 거북이가 될지도 몰라 걱정하며 최대한 천천히 혀와 턱을 움직였다. 벽시계를 힐끔거리니 겨우 10분 지났다. 프라이팬에서 마지막 몫을 가져와 앞접시에 모셔 놓고는 버티기에 돌입. 매달 마지막 주까지 살아남은 최후의 용돈처럼 아끼고 아껴야지. 그제야 앞에 앉은 현순지가 눈에 들어왔다.

느린 것은 속도가 아니라 깊이라고? 저런 뜻이었나. 현순지는 바닥에 파인 웅덩이 같았다. 걔 주변으로 시간이 흘러들어 고였다. 깊은 바다 속 잠수부 옆으로 작은 물고기 떼가 모여들듯이 말이다. 현순지는 작은 물고기가 더 작은 플랑크톤을 먹듯 천천히, 느릿느릿 떡볶이를 먹었다. 음미, 그게 뭔가 했더니 저런 거구나.

느림보 현순지를 구경하며 30분쯤 버티다가, 더는 참지 못하고 앞접시에 담긴 떡볶이를 흡입했다. 그 순간, 현순지의 점퍼 주머니에서 스마트폰이 빠져나와 바닥으로 떨어졌다. 나는 손을 뻗어 스마트폰을 주웠다. 액정 모서리에서부터 대각선으로 뻗은 금. 그것 봐, 빠른 세계와 느린 세계가 충돌한다니까. 현순지가 무슨 말을 하고 싶어 하는지는 뻔했다. 쟤가 또 무엇을 파괴하려나, 두려운 나머지 나는 눈을 감았다.

3번 순서, 떡볶이와 우주에 관한 명상.

떡볶이는 아름답고 이롭다…… 나는 공부도 잘하고 운동도 열심히 하고 5대 영양소를 골고루 섭취하면서 틈날 때마다 효도도 해야 한다고 믿는 부모님에게 실망만 안기며 살아왔지만 떡볶이는 나한테 아무것도 요구하지 않을뿐더러 나를 실망시키지도 않는다…… 아, 이건 떡볶이와 나에 관한 명상인가. 뭐, 나도 우주의 일부니까…… 특히나 수지분식의 떡볶이는 자비롭다…… 이런 게 명상 맞나? 머리를 비워야 하는 거 아닌가? 어쨌든…… 엄마가 용한 강사가 있다면서 옆 동네 학원에 다니라고 했을 땐 귀찮았는데 수지분식을 발견하고는 찍은 답마다 정답이라 80점을 넘긴 듯 기뻤지…… 슬플 때 즉떡을 먹으면서 눈물을 삼켰고, 답답할 때 쫄면 사리를 씹으면서 덜 익은 쫄면보다 더 질긴 내 멍청함을 용서했다…… 그동안 너무 허겁지겁 먹긴 했지…… 떡볶이 5인분을 20분 만에 먹어치우듯이 공부와 우정과 효도도 최대한 빨리 해치우려고만 했고…… 아, 산다는 것은…… 우주는…… 나는 먼지 한 톨…… 성적, 대학, 수능…… 먼지 중의 먼지다…….

그러다가 잠들었다. 눈을 뜨니 7시 20분. 팔짱을 끼고서 내가 깨기를 기다리던 현순지가 물티슈를 내밀었다. 이번에는 침이었다.

"두 번째랑 세 번째는 성공해서 다행이네. 또 쫓아냈어 봐. 폭동 일어났을걸? 사장님 퇴원해서 와 보시면 가게가 폭삭 망해 있는 거지. 떡볶이 좀비들이 흐느적흐느적 돌아다니고."

"여름에 문 닫으니까 상관없어."

"유정의 미를 거둬야지."

"유종의 미 아닐까?"

"잘난 척은. 명상 어쩌고저쩌고, 잘난 척도 그 정도면 고문이야. 손님들 몸 배배 꼬고 지루해서 죽으려고 하던데."

"다 음미의 과정이야. 아마 그렇게 먹은 떡볶이 맛은 평생 못 잊을 거라고 난 확신해. 그리고 누구처럼 조는 사람은 없더라."

"내가 너랑 무슨 말을 하겠냐. 방학 끝나고 학교에서 마주치면 눈길도 스치지 말자."

"떡볶이 비법은 안 배울 건가 봐?"

"그걸 그때까지 끌게? 다음 주에 알려 주는 거 아냐? 다음 주가 네 번째잖아. 마지막, 유종의 미!"

"즉떡이면 비법까지 즉석인 줄 알아? 한두 주에 뚝딱 배우게. 시간 들여서 천천히, 느릿느릿 배워야 하는 거야. 그래도 될까 말깐데."

"그걸 왜 지금 말해? 사기 계약이고 불공정 거래야. 아 짜증 나, 그놈의 천천히 느릿느릿!"

"취소할까? 이번 주로 끝내고 비법 전수는 없던 일로 해? 그러지 뭐. 너 앞으로 출입 금지인 건 알지?"

"처음부터 자기한테 불리한 사실은 쏙 빼놓고 말한 건 너잖아, 현순지!"

"나 참 어이가 없어서. 우리 엄마가 20년에 걸쳐 완성한 떡볶이 비법을 한두 주에 홀랑 빼먹으려고 한 게 누군데? 너도 그거 너한테 불리하니까 쏙 빼놓고 말 안 했으면서. 소중한 걸 배우려면 시간이 걸리는 게 당연하잖아. 내 말 틀려?"

"응, 틀려."

"어디가 어떻게 틀렸는지 말해 봐."

"응, 싫어."

"논리도 없으면서 우기긴."

"너야말로 떡볶이 비법 알고 있다고 박박 우기는 거 아냐? 말해 봐. 모르지, 너?"

"나는 모르지. 엄마가 알지."

"이 사기꾼! 거짓말쟁이! 모르면서 어떻게 알려 준다는 거야!"

"걱정 마, 약속은 지키니까. 시간이 걸릴 뿐이야. 엄마한테 배워서 전수할 거야. 너한테 알려 주기 전에 내가 먼저 알고 있을 거라고."

"진짜 미치겠네."

"넌 어떤 날씨가 좋은데?"

"날씨는 갑자기 왜? 지진, 폭설, 태풍, 초미세먼지 대폭발 같은 자연재해가 좋다, 왜! 불가사리는 아니고 불가하, 항……, 뭐 그런 말 있는데. 암튼 그러면 다음 주에 내가 안 와도 넌 약속을 이행해야 하니까."

"난 비가 좋아. 빗소리하고 부침개 부치는 소리하고 주파수가 비슷하대. 그래서 비 오는 날에 부침개가 먹고 싶은 거래. 즉떡 끓는 소리도 빗소리하고 비슷한 거 같아."

"그래서 사람들한테 좋아하는 날씨 뭐냐고 물어본 거야? 정답 찾으려고?"

"좋아하는 날씨에 정답이 어딨어. 사람들이 날씨 생각을 잠깐이라도 해 봤으면 좋겠다 싶어서 물어본 거지."

"날씨 생각을 왜 해야 되는데?"

"좋아하는 날씨는 내가 다가가는 게 아니라 나한테 다가오는 거잖아. 날씨를 내 맘대로 하지는 못하니까. 그런 생각을 하면 마음이 좀 겸손해지고 평온해지고 그러지 않나?"

"난 우주의 먼지다, 너무 조급하게 굴지 말자, 될놈될이고 안 생기는 놈은 무슨 짓을 해도 안 생긴다, 그런 거? 눈 좋아하는 사람은 알래스카에 가면 되고, 추위 타는 사람은 캘리포니아에 가면 되잖아. 비행기 표가 비싸긴 하겠네. 역시 돈이 최고인 건가."

"됐고, 빗소리를 듣고 싶은데 어느 날 비가 내려. 그럼 행운이지. 그런 날에 좋아하는 떡볶이까지 먹으면 행복이고. 그래서 좋아하는 날씨하고 그 주의 일기 예보하고 일치하는 사람 중에서 뽑았어."

"일기예보를 믿느니 우리 외할머니 무릎을 믿어라. 무릎 쑤시면 전화하시거든. 비 올 테니까 이불 빨래 하지 말라고."

"지금까지는 잘 맞았어. 저번 주는 맑았고 이번 주는 흐렸잖아. 그런 날씨 좋다는 사람들로 선정했다고."

"…… 사실은 나도 비야."

"……?"

"나도 비 오는 날씨가 좋다고."

"양호범 너랑 나랑 두 번째 공통점이네."

"너랑 나랑 공통점이 있어?"

"있지. 첫 번째, 우리 엄마 떡볶이를 좋아한다. 두 번째, 비 오는 날씨를 좋아한다."

"그래서 다음 주 날씨는 뭔데?"

"비!"

정말 비였다. 네 번째 토요일, 마지막 느림보 손님을 맞는 날. 혀를 날름거리듯 빗방울이 떨어지더니 잠깐 사이에 세상이 빗발과 빗소리로 가득하다.

현순지는 손님이 오지도 않았는데 떡볶이 2인분에 쫄면 사리 하나를 준비하라고 했다. 하여간 제멋대로다. 나는 현순지가 손님 대신 주문한 떡볶이와 쫄면 사리를 프라이팬에 담아 테이블로 가져갔다.

"먹자."

현순지가 말했다.

"손님 거잖아."

"오늘 손님은 너랑 나야."

현순지의 말에 나는 눈만 끔뻑거렸다.

"양호범과 현순지가 오늘의 깜짝 손님이라고. 나한텐 깜짝이 아니지만. 주문은 내 취향대로 했어. 깜짝 선물로 사리 하나 추가했고, 잘난 척도 생략해 줄게. 명상하고 침묵 말이야."

"난 신청서도 안 냈거든?"

"냈어. 그래서 내가 널 평생 손님으로 고른 거잖아. 우리 엄마 떡볶이를 평생 맛있게 먹을 사람."

무슨 말인지는 모르겠지만 나는 일단 자리에 앉았다. 현순지는 테이블에 팔꿈치를 괴고서는 창 너머로 비 내리는 골목길을 내다보았다. 저 여유로운 자세, 즉떡 왕국의 공주답다.

겨울 방학도 다음 주로 끝이다. 월요일부터 금요일까지 학원 가고 토요일 저녁마다 수지분식에 오고, 그렇게 네 바퀴를 돌았더니 개학이 다가왔다. 어떤 과외가 추가될까? 하루에 여섯 시간씩만 자도 소원이 없겠다. 오를 듯 내릴 듯 밀당이 심한 수학 성적은 좀 고분고분해지려나. 나 양호범은 새 학년 새 학기에 새 마음으로 공부 잘하고 말 잘 들으며 신체와 정신이 건강한 새 인생으로 거듭날 것인가. 몸과 마음, 머리가 벌써부터 무거워지려는데 끓이지 않은 떡볶이도 벌써부터 먹음직스럽다. 나는 휴대용 가스레인지를 켰다.

"그날 너 여기서 처음 본 거 아니야. 종종 봤어."

현순지가 말했다.

그럼 그렇지. 즉떡 값으로 용돈을 넘어 가산까지 탕진할 기세로 수지분식에 드나들었는데 현순지가 무슨 수로 나를 못 봤겠어. 이 건물 2층에 사는데.

“왜 양호범 너였는지 물어봤었지?”

“단순 무식해 보여서 그랬다며.”

“그것도 그렇지만 내가 말했잖아. 사람들은 뭘 먹을 때 솔직한 얼굴이 된다고.”

“내가 어떤 얼굴이었는데?”

“불안해하는 얼굴. 꼭 뭐에 쫓기는 사람 같은 표정이었어.”

기억을 돌이켜 보니 그렇기도 했겠다. 다음 수업에 늦지 않으려면 떡볶이를 얼른 먹어 치워야 했으니까. 떡볶이 5인분을 먹는 20분은 영어와 수학 사이에 비는 가느다란 틈이었다. 학교와 학원, 학원과 과외 사이를 뛰어다니면서도 내 머릿속은 다음 공부와 일정을 힐끔거리느라 뒤죽박죽이었다. 밀떡의 말랑함과 어묵의 고소함이 육수 속에서 어우러지는 동안에도 성적 고민과 부모님 잔소리라는 파도는 그치지 않았다. 그런 내 표정을, 현순지 네가 알아보고 알아차렸다고? 창피하면서도 한편으로는 제법인데, 싶었다. 어쩐지 제법 고마……웠다. 이 마음은 들키지 말아야지.

“그 표정, 그게 내가 접수한 신청서야. 너한테 킹콩처럼 강한 느릿느릿 에너지를 나눠 주기로 결정한 거지. 말했지, 느린 건 강하다고, 그건 속도가 아니라 깊이라고. 그런데 말이야, 실은 나도 한동안 좀 불안했어.”

"뭐가 불안했는데?"

"우리 엄마 떡볶이가 아주 없어지는 건가, 우주에서 영영 사라지는 건가 싶어서. 분식집 문 닫으면 엄마 고생도 끝이니까 처음엔 홀가분했는데 슬슬 불안해지더라. 폐업은 괜찮지만 소멸은 별로야."

"떡볶이는 엄마한테 집에서라도 만들어 달라고 하면 되잖아."

"떡볶이에서 손 뗀대. 할 만큼 해서 미련도 없고 가게 문 닫으면 까맣게 잊겠대. 우리 엄마, 한다면 하는 사람이거든. 떡볶이계에서 홀연히 퇴장하기로 결심한 거야. 그동안 맛있는 떡볶이 멋있었습니다, 감사 인사 한마디 못 듣고."

은퇴를 기념하는 공연, 그런 뜻이었구나. 고생 많으셨습니다, 감사패와 공로상을 주고받는 자리.

"그래서 우리 엄마 떡볶이를 오랫동안 기억해 줄 사람을 찾기로 했고, 한 명 찾았어. 나, 현순지. 원래 여기는 순지분식이었으니까, 내가 바로 우리 엄마 떡볶이를 먹고 자란 순지니까. 딱 한 명은 어쩐지 아쉬워서 한 명 더 찾았는데 그게 너야. 허겁지겁 얼른얼른 중독자, 양호범."

이야기를 듣다 보니 수지분식이 문을 닫는다는 사실이 새삼스러웠다. 순지분식에서 니은 자가 떨어져 수지분식이 된 간판을 떼면 그것은 즉떡 여왕의 은퇴. 그리하여 이제, 양호범과 현순지가 허리병 난 즉떡 여왕에게 바치는 마지막 먹방이 펼쳐질 참이었다. 우리는 떡볶이 끓는 소리에 귀를 기울였다. 찌그러지고 우묵한 프라이팬 속에서 양념장과 섞여 붉은색으로 물든 육수가 자글보글 끓고, 오래되었으면서도 새것인 세상 속에서는 빗소리가 어딘가에 숨은 현을 찾아 쏴아—차차, 쏴아—차차 튕겼다. 온몸이 말랑말랑한 밀떡처럼 나른해지고 느슨해졌다.

"나 진짜 이다음에 떡볶이 가게 차릴까? 호범분식 어때?"

"맘대로 하라니까."

"나한테 즉떡 후계자 자리 넘기는 거지? 딴소리 안 할 거지?"

"야, 쫄면 눌어붙잖아."

현순지는 가스레인지의 불길을 줄이며 딴청을 부렸다.

내 나이 열여덟, 2년만 지나면 스무 살이 된다. 어른 중에서는 꼬마인 스무 살이라지만 한겨울에 상상하는 더위만큼이나 까마득했다. 스무 살을 웃으면서 맞으려면, 아니 울면서 맞지 않으려면 남은 2년을 알차고 바쁘고 정신없고 완벽하게 보내야 한다며 주변에서는 나를 볶음밥 2인분처럼 볶아 댄다. 떡볶이 5인분을 20분 만에 해치우듯 아는 것 모르는 것 따지지 말고 머릿속에 집어넣어야 한다고, 이해가 안 되면 암기라도 해야 한다고, 내신과 생기부를 목숨 걸고 관리하라고, 수능 성적으로는 1년 내내 공부만 한 재수생들 못 당할 테니까 어떻게든 수시 전형에서 승부를 보라고. 운도 중요하다. 입시 운이 나를 따르든가 내가 입시 운을 좇든가 둘 중 하나는 필수라나. 옆도 뒤도 외면하고 앞만 보며 종종걸음 치다 보면 이다음에 다 커서 나는 어떻게 살고 있을까. 사장님처럼 탈이 나서 몸져눕지는 않을지. 어두운 미래를 엿보고는 엄습하는 실망감에 희망을 잃으려는 찰나, 구원자처럼 떠오르는 호범분식. 나는 상상의 나래를 펼치고서 호범분식이라는 미래를 향해 날아갔다. 부모님이 바라는 인 서울 장학생보다 내 적성에 맞는 세계였다.

"뭐야, 혼자서 실실거리고."

현순지가 내 날개를 붙잡으려 들었지만 나는 히죽히죽 날갯짓을 계속했다. 수지분식의 떡볶이 비법을 갈고 닦아서 나중에 다 큰 다음에, 대학도 가고 여친도 사귄 다음에, 호범분식을 차리는 거다. 현순지가 와서 먹어 보고는 약이 올라 볼이 붉어질 만큼 맛있는 떡볶이를 만드는 거다. 누가 아는가, 호범분식이 수지분식을 능가하는 맛집이 될지. 부모님이 안다면 즉떡만큼이나 뜨겁게 분노할 장래 희망이겠지만 뭐 어때? 내 상상도 내 거, 내 꿈도 내 거잖아. 머릿속에 몰아치던 파도가 잠시나마 잠잠해졌다. 그 고요 속으로 떡볶이 끓는 소리가 끼어들었다. 빗소리처럼 평화롭다.

"떡볶이 비법, 아직도 궁금해?"

"당연하지. 그거 하나 바라보고 버텼는데."

"그럼 5월부터 8월까지 매달 마지막 토요일마다 와. 내가 먼저 엄마한테 배우고, 그다음에 너한테 가르쳐 줄게."

"잠깐, 너 부엌에 들어가게? 떡볶이 비법 배우는 건 좋지만 파괴당하는 건 싫거든?"

"우리 엄마 이제 예전처럼 일하면 안 돼. 평일에 점심 장사만 할 거래. 그러니까 괜찮아. 엄마와 내 세계가 섞여서 평균값을 찾을 테니까."

현순지가 부엌 쪽을 바라보며 말했다. 그러자 대답이라도 하듯이, 타일 벽에 붙은 고리가 뒤집개를 매단 채 싱크대 안으로 떨어졌다. 아직은 현순지의 힘이 더 센 모양이었다. 나는 피식 웃었다. 현순지도 웃었다. 수지분식의 평균값이 궁금해졌다. 앞으로 느릿느릿 천천히 배운 떡볶이 비법으로 느릿느릿 천천히 떡볶이를 만들어 먹으며 나와 내 꿈의 평균값을 알아볼 작정이었다. 그 평균값이 느린 먹보라면 현순지와 나 사이에 '느릿느릿 천천히'라는 세 번째 공통점이 생기는 셈이다.

우리는 쏴아-차차, 쏴아-차차 빗소리에 맞추어 떡볶이를 먹었다.

내 인생의
실패담

✦

1.

여름 방학이 끝나고 2학기가 시작되었지만 은별은 등교하지 않았다. 엄마는 은별을 어르고 꾸짖다가 두 손 들었다. 지난 몇 달 동안 학교를 들락거리고 담임 교사와 세미의 부모를 만나 죄송하다고 굽실거리고, 엄마도 지쳤다. 두 손에 이어 두 발까지 들고 싶은데 그랬다가는 꽈당 넘어질 테니 바닥을 딛고 버티는 중이다.

"그래, 차라리 한두 달 쉬어라. 선생님하고 얘기해 볼게. 병결이든 뭐든 어떻게 되겠지."

엄마가 피자를 전자레인지에 넣으며 말했다.

은별은 엄마의 말이 반갑지도 서운하지도 않았다. 휴학을 바라는지 자퇴를 원하는지도 모르겠다. 다만, 이런 기분으로 학교에 가고 싶진 않았다. 예전에 친구였던 그 아이들과 마주치고 싶지 않았다.

"다만!"

엄마에게도 '다만'이 있다.

"집에서 놀기만 하는 건 안 돼. 뭐라도 배워."

"인강 들을게."

"집에서 노는 건 안 된다고 했지?"

"인강이 공부하는 거지 노는 거야?"

"밖으로 나가."

"학원은 싫어."

동네 학원에 가면 그 애들이 있을 테니까.

"누가 공부하래? 그런 건 지금 바라지도 않아. 공부는 고등학교 가서 하든가 말든가."

엄마는 고개를 내저으며 식탁에 포크와 접시를 내려놨다. 은별은 전자레인지를 바라본다. 전자파 속에서 빙글빙글 돌며 수분을 잃어 가는 피자. 꼭 자신 같았다. 왕따 주동자로 찍혀 학교도 못 나가고 시들어 버린 송은별.

"문화센터 같은 데 보니까 괜찮은 강좌 많더라. 내 마음을 다스리는 명상, 프랑스 자수 입문, 한자 기초반, 그런 거."

"명상? 자수? 한자?"

엄마의 말을 어이없다는 듯 되뇐다. 은별은 은퇴한 할머니가 아니었다. 열다섯, 등교 거부 중이라지만 중2였다. 그런데 명상, 자수, 한자라니!

"좌다 따분하지? 아마 이게 나을걸."

엄마가 냉장고 문짝에서 종이를 떼어 내밀었다. 도서관 홈페이지에서 출력한 공고문이었다.

『사과와 기린』의 작가 강미란과 함께하는 글쓰기 수업,
'내 인생의 실패담'

매주 수요일 오후 3시부터 5시, 총 3회의 미니 강좌.
내가 겪은 실패를 주제로 하여
아주 짧은 소설 한 편을 완성합니다.
지역 주민이면 누구나 신청하실 수 있습니다.
수강료 무료.

※문의: 사서 김진경(내선 3511)

듣도 보도 못한 강미란 나부랭이 따위가 나한테 실패를 가르쳐? 은별은 종이를 식탁 위에 팽개쳤다. 게다가 수요일 오후 3시라니, 이 사회에 제대로 뿌리 내린 사람이라면 학교든 일터든 가 있을 시간이다. 곰팡내 나는 어둑어둑한 방에 어떤 사람들이 모여들지는 뻔했다. 회사에서 잘린 아저씨나 앞니에 립스틱을 묻힌 아줌마, 가는귀먹어 큰 소리로 떠드는 할아버지나 오겠지.

안방에서 전화벨이 울렸다. 엄마가 전화를 받으러 가자 은별은 집게손가락의 손톱 끝으로 종이를 당겼다. '내 인생의 실패담'이라는 말이 마음에 남아서였다. 하긴 내가 망하긴 망했지, 하는 생각이 들었다.

명주는 피아노 앞에 앉아 건반에 손을 얹었다. 바투 깎은 손톱과 굵은 손마디, 주름진 손등. 달걀을 쥔 듯 오므린 손 모양만큼은 엄격하다. 주부로 늙은 여자의 손이자, 수많은 학생을 가르친 피아노 선생의 손이었다.

손이 떨리기 시작한다. 오른손이 심하다. 파킨슨병의 징후인가 싶어서 병원에 갔지만 의사는 그렇지 않다고, 뇌는 깨끗하다고 했다. 왼손으로 오른손을 주무르며 심호흡을 하는데, 전화가 왔다.

"엄마? 저예요."

큰아들이었다.

"혹시 수요일 오후 3시에 무슨 사연이라도 있어요? 아버지가 자꾸 수요일 오후 3시, 그 말을 반복하셔서."

명주는 피아노 건반에 팔꿈치를 올렸다. 쿠궁, 불협화음이 울렸다. 40년 전 수요일 오후 3시, 음대 졸업반이던 명주는 '독일 사회와 문화'라는 강의를 들으러 문화원에 갔다. 독일 유학을 준비하던 시기였고, 강사로 나온 남편을 만났다. 그는 독일에서 학위를 마치고 돌아온 지 얼마 안 된 참이었다. 두 사람은 사랑에 빠졌다.

"아버지가 자꾸 국제 전화를 하세요. 외로우신가 봐요."

전화선 너머로 들려오는 목소리에서 비난하는 기색을 느꼈다면 착각일까. 큰아들은 치매에 걸린 아버지가 요양원에 들어가는 것을 싫어했다. 작은아들이야 언제나처럼 매사에 무관심했고. 반대와 방관 사이에서, 명주는 결단을 내렸다. 남편보다 일곱 살이나 아래지만 명주도 노인이었다. 집에서 혼자 힘으로 남편을 돌보기는 어려웠다.

"그렇게 치면 너도 외로운가 보구나. 이 전화도 국제 전화잖니."

귓가로 날아드는 웃음. 큰아들은 독일에서 산다. 명주가 40년 전에 그토록 가고 싶었으나 가지 못한 나라에. 명주는 지금의 남편과 사랑에 빠져 몇 달 만에 결혼했고, 그해가 가기도 전에 임신했다.

"수요일 오후 3시, 그 말씀만 하신다니까요. 그때 아버지 좀 보러 가 보세요."

"그냥 하시는 소리겠지. 나 앞으로 수요일엔 일이 좀 있단다."

쐐기를 박느라고 일러 둔다. 면회는 가겠지만 수요일 오후 3시는, 아니다. 안 된다. 명주는 유학 대신 결혼을 선택한 자신을, 공부가 아니라 사랑에 뛰어든 그 젊은 여자를 아직 용서하지 못했다. 갑자기 다가온 사랑을 뿌리치고 유학을 갔다면 피아노 선생이 아니라 피아노 연주자로 살았을 것이다. 그러나 명주는 독일로 돌아가서 학위를 하나 더 하려 하니 결혼해서 함께 가자던 남자의 말에 넘어갔다. 명주가 임신하자 남편은 말을 바꿨다. 머나먼 외국 땅에서 아이를 키우고 싶지 않다고 했다. 그건 너무 고된 일이에요. 우리 아이도 어린 나이부터 정체성에 혼란을 느낄 거야. 조금만 더 기다립시다. 큰아들을 웬만큼 키우고 나자 둘째가 생겼다. 그러고는 그것으로 끝이었다. 명주는 자기를 탓할 뿐이었다. 계획적이지 못하고 무모하며 감정적인 사람. 그 뒤에는 체념과 자포자기가 찾아왔다. 정작 큰아들은 대학을 졸업하자마자 독일로 떠났다. 차라리 독일에서 태어나 자라게 해 주었다면 좋았을 텐데요, 원망 비슷한 투정을 남기고서. 그때부터인 듯싶다. 명주가 자신을 실패한 인생이라고 생각하기 시작한 것이. 평생 뒷바라지한 남편의 종착지는 알츠하이머병으로 인한 치매, 큰아들은 외국으로 떠나 무슨 일이든 말로만 참견하고 작은아들은 1년에 두어 번 얼굴 보기도 힘들다. 그리고 옥명주 자신은 손이 떨려 피아노를 제대로 치지 못한다.

"일이 있다고요? 무슨 일인데요?"

아들이 물었다.

며칠 전, 명주는 전철역 앞을 지나다가 광장의 나무와 나무 사이에 걸린 현수막을 보았다. 내 인생의 실패담. 그 말이 마음속을 서성이다가 지금, 누렇게 변색한 피아노 건반 위로 뛰어내린다.

"그래서 몇 명인데?"

미란이 물었다.

"음…… 세 명?"

진경이 대답했다.

"뭐야, 그럼 폐강 아니잖아."

풀이 죽는 미란. 두 명 이하일 때만 폐강이라고 들었다. 언덕 꼭대기 도서관의 꼭대기 층까지 와서 실패담을 끼적거리고 싶은 사람이 이 작은 동네에 세 명이나 있겠나 싶었는데, 있었다니.

"이거 진짜 안 하면 안 되는 거지?"

"응, 안 돼. 홈페이지에 공고 내고 포스터랑 현수막까지 만들었는데 무슨 소리야. 너 글 안 써진다고 산에 들어간다고 난리였지? 우리 도서관이 마침 산 밑에 있잖아. 얼마나 좋니."

진경의 말에 미란은 한숨을 쉬었다. 그제야 세 명이란 숫자가 또 다른 의미에서 실망감으로 다가왔다. 포스터에 현수막까지 동원했는데도 세 명. 책을 두 권 냈지만 애독자도 인지도도 없는 소설가, 강미란. 그런 무명작가에게 수업 좀 해 달라는데 고마워해야 할지도 몰랐다. 영원히 나오지 않을 듯한 세 번째 소설이 떠오르자 미란은 가슴이 답답해진다.

"자신이 없어서 그렇지. 계속 말했잖아, 나부터도 글쓰기가 뭔지 모른다고. 내가 누굴 가르칠 상황이 아닌데 정말."

"웬만한 작가들은 그 돈 받고는 우리 도서관까지 안 온다는데 어떡해. 나한텐 너밖에 없다, 강 작가."

말은 얄미워도 형편 어려운 작가 친구에게 용돈벌이라도 시켜 주려는 생각이겠지. 미란은 사서 친구의 마음을 헤아리고는 어깨를 늘어뜨렸다.

2.

두 명.

교실 구석구석을 살펴보았지만 나머지 한 명은 보이지 않았다. 미란은 출석부를 펼쳤다. 송은별(15세), 옥명주(64세). 명단에도 두 명뿐이다.

"어, 안녕하세요. 여러분……."

당황한 티를 내지 않으려 애쓰며 첫인사를 시작했지만 가만있어 봐, 두 명도 '여러분'이 맞나? 미란은 잠시만요, 얼버무리고는 교실 밖으로 나갔다. 복도 끝까지 걸어가서 진경에게 전화를 건다.

"왜? 무슨 일이야?"

진경이 근무 중인 열람실에서 소리 죽여 전화를 받는다.

"세 명이라며? 두 명인데?"

"아아, 그거. 너까지 세 명이잖아."

"뭐? 그게 말이 돼?"

"관장님이 폐강시키지 말래. 주제가 실패담인 수업인데 시작도 못 해 보고 실패하는 건 가혹하대. 잘됐지 뭐, 글쓰기가 뭔지 잘 모르겠다면서? 남한테 뭘 가르치면 기억에 잘 남는다더라. 너도 이

기회에 너한테 배워 봐. 일종의 객관화지."

전화가 끊긴다. 미란은 2층에 있는 열람실로 달려가려다가 만다. 물은 엎질러졌고, 교실에서는 수강생 여러분이 글쓰기 강사를 기다린다. 어쩌면 이 인기 없는 수업 자체가 미란에게는 '내 인생의 실패담'이 될지도 몰랐다.

교실로 돌아간다. 땀이 배어나는 손으로 출석부를 만지작거리다가 에잇 모르겠다, 명단 세 번째 줄에 '강미란(36세)'이라고 적었다. 이것으로 세 명이다.

"어떤 식으로 수업을 진행할지 계획서부터 나눠 드릴게요."

"소설이란 걸 꼭 글로 써야 돼요? 말로 하면 안 돼요?"

은별이 강좌 계획서는 거들떠보지도 않고 말했다.

"듣고 보니 괜찮은 생각 같은데요. 제가 손이 떨려서 글을 쓰기가 좀……."

명주가 맞장구를 친다.

미란은 뚱한 중학생과 곱게 꾸민 할머니를 바라보았다. 이 두 사람은 학교에 있든가 쇼핑을 하든가 할 수요일 오후 3시에 왜 이곳을 찾았을까. 어쩌면 실패담을 쓰고 싶어서가 아니라, 실패를 말하고 싶어서가 아닐까? 글보다는 말이 좀 더 직접적이니까. 현재 스코어 '망함'이라고 자평하는 무명작가에게 드물게 찾아오는 직감이 있었다.

"말로 소설을 쓴다…… 네, 괜찮죠. 안 될 거 없죠. 원래 모든 글은 글 이전에 말이 아니었을까요."

"꼭 각자 써야 돼요?"

은별이 물었다.

"공동 작품을 써 보자는 얘긴가요?"

미란이 되물었다.

"그냥 한 사람한테 몰아 주면 되잖아요."

은별.

"선생님이 대표로 써 주시면 어떨까요?"

명주.

"제가요?"

미란.

"네. 이 학생도 그렇고 저도 그렇고 글쓰기에는 재주가 없는 듯하고, 아무래도 저희는 꼭 글을 쓰고 싶다기보다는……."

명주가 두 줄 뒤에 앉은 은별을 돌아보았다. 자기를 좀 도와 달라는 요청이었지만 은별은 폰 잠금 화면에 틀린 패턴을 그리며 딴청을 부렸다. '저희는, 저희는' 하면서 오지랖 넓게 구는 할머니가 마음에 들지 않았다. 글을 쓰고 싶은 것이 아니라는 말은 틀리지 않았지만.

"글을 쓰는 행위가 중요한 게 아니라, 어떤 형태로든 마음을 털어놓고 싶다는 말씀이시죠?"

"그렇죠, 맞아요. 저희는 마음을 털어놓고 선생님은 글로 써 주시고, 어떨까요?"

"이 강좌는 여러분 스스로 짧은 소설 한 편을 쓰는 게 목적이라서요. 그걸 제가 대신 써 드리기는 아무래도 어려울 듯합니다만……."

"선생님이라면 제 마음을 알아주실 거 같아서 그렇답니다. 『사과와 기린』, 감명 깊게 읽었어요."

아니 뭐라고요, 제 소설을 읽으셨다고요? 미란은 긴장한다. 애독자를 만났다며 좋아하기에는 이르다. 표지와 제목만 보고는 작품을 읽었다고 말하는 사람이 수두룩하니까.

"무명의 피아니스트 얘기가 나오잖아요. 아끼던 피아노를 팔고는 뒤늦게 후회하면서 애타게 찾는 사람 말이에요."

진짜 읽으셨나 보군요! 미란은 한 손은 기쁨에 겨워, 다른 한 손은 쑥스러움을 이기지 못하고 움켜쥐었다.

"저도 교습소를 하면서 오랫동안 피아노를 가르쳤거든요. 손이 이래서 더는 안 될 모양이지만."

명주가 떨리는 손을 책상 위에 올렸다.

미란도 교탁에 두 손을 올린다. 떨리지 않고 피아노를 칠 줄도 모르는 손. 그런 손으로 쓴 작품을 노년의 피아노 선생이 읽었다. 연보라 투피스에 스카프를 두른 명주를 바라본다. 당신도 당신의 피아노를 잃었군요. 은별 쪽으로 고개를 돌린다. 너는 무엇을 잃었니? 처음 하는 소설 가르치기보다는 몇 년이라도 해 본 소설 쓰기가 낫겠다는 생각이 들었다. 출석부에는 '강미란'이란 이름이 또렷했다. 미란도 이 수업의 학생인 만큼, 짧은 소설 한 편쯤 쓰지 못할 까닭도 없었다. 의자를 갖고 와 책상 가까이에 놓고 앉는다.

"그럼 이렇게 할까요? 여러분은 이야기를 하고, 저는 그 이야기를 글로 옮기고. 우리 셋이서 같이 소설을 쓰는 거예요. 다만 한 가지는 꼭 지켜야 해요."

이번에는 은별도 미란을 보았다.

"솔직해져야 한다는 거예요. 뭐든 솔직하게 말해 주셔야 됩니다."

뭐래? 은별이 계획서 귀퉁이에 적은 말이었다. 내가 솔직이든 끔찍이든 한마디라도 하나 봐라. 3주 뒤 완강 확인서만 엄마에게 가져다주면 그만이었다.

3.

은별은 이어폰으로 귀를 막았다. 응급조치를 취했는데도 아이들 떠드는 소리가 들려왔다. 이어폰은 음악 대신 은별의 심장 소리를 흘려보냈다. 음악을 듣는 척하며 스마트폰을 보면서도 신경은 왁자지껄한 무리에 쏠렸다. 아이들은 은별 쪽으로 돌아서서 목소리를 높였다.

"누구는 좋겠네. 학교도 안 나오고 학원도 관두고."

"저러다가 강제 전학이겠지?"

“백퍼지. 잰 대학도 못 갈걸.”

“담임이 생기부에 다 적는다고 했어. 착한 친구를 괴롭힌 나쁜 년이고, 어쩌고저쩌고.”

“그럼 나중에 취업도 못 하겠네?”

“취업은 무슨. 독거노인 돼서 폐지나 줍다가 얼어 죽겠지.”

“리어카 끌고 다니다가 차에 치여 죽거나.”

“완전 루저네? 불쌍해. 잰 친구도 없잖아.”

“뭐가 불쌍하냐? 왕따 시키다가 왕따 된 건데.”

“역시 사람은 착하게 살아야 돼. 우리처럼!”

못 본 척, 안 들리는 척했으니 부자연스럽도록 자연스럽게 버스 정류장을 벗어나면 된다. 하지만 두 발이 보도블록을 뚫고 땅속에 뿌리를 내린 듯 꿈쩍도 하지 않았다. 입안이 마르고 얼굴에서 핏기가 가시고 심장이 딱딱해졌다. 옴짝달싹도 못 하겠다. 몇 달 전까지만 해도 함께 떡볶이를 먹고 화장품을 사러 가고 페메를 주고받던 아이들, 친구라고 생각했던 아이들. 그 앞에서 한 발짝도 못 벗어나겠다.

한 아이가 은별의 발치에 침을 뱉었다. 학원에서 은별과 나란히 앉던 사이다. 내 남친 입 냄새 쩔어, 짜증 내던 아이다. 은별은 자기가 개미 한 마리로 변해 진득진득한 침 속에서 허우적대다가 죽는 최후를 상상했다. 그편이 행복할지도 몰랐다. 이렇게 일개미 더듬이만도 못한 실패자로 사느니.

버스가 무리를 싣고 사라졌다. 은별은 보도블록 틈새에 고인 침을 내려다보다가, 뒤돌아서서 발걸음을 옮겼다. 은별의 목적지는 아이들과 달리 학원이 아니었다. 도서관이었다. 도서관 건물 5층, 구석지지만 환한 방. 오래된 믹서처럼 손을 떠는 할머니와 독자라고는 수전증 할머니 한 명뿐인 듣보잡 작가가 진실 게임이나 하는 곳. 저번 주에 할머니가 자기 연애담을 풀어 놓는 동안에도 은별은 스마트폰으로 자살 방법을 검색하며 한마디도 하지 않았다.

그렇지만, 이번에는 다르다.

교실로 들어가 자리에 앉자마자 엉덩이와 의자 사이에 말하기 버튼이 달린 듯 말이 터져 나왔다.

"나한테 루저래요. 아니거든요? 난 어린양, 아니 뭐더라, 희생양이에요! 뒤집어쓴 거라고요!"

"그래? 뭘 뒤집어썼는데?"

미란이 두 손으로 머리에 뭔가 쓰는 시늉을 하며 물었다. 자연스레 반말이 나왔다. 서른여섯에 열다섯이니까, 뭐.

"다들 저한테 자꾸 넙치를 왕따 시켰다고 하는데요, 전 안 그랬어요. 그냥 가만있었다고요."

은별은 씩씩거리면서 주먹으로 무릎을 쳤다. 송은별, 무죄! 판사가 나무 봉으로 나무 판을 때리듯이. 명주가 가방에서 유리병을 꺼내서 건네주었다. 당근 주스였다. 은별은 뚜껑을 열고 주스를 들이마셨다. 좀 할머니 같은 맛이지만 달고 시원하다. 아아, 버스 정류장에서 까불던 그것들을 모조리 믹서에 처넣어서 덜덜 갈아 마시고 싶다! 아니면 거대 토끼로 변신해서 당근처럼 씹어 먹든가!

"가만있었다는 게 무슨 뜻일까. 그 일과는 아무 상관도 없다는 뜻? 아니면 넙치란 친구가 왕따를 당하는 걸 지켜보고만 있었다는 뜻?"

미란이 물었다. 형사 흉내를 내고 싶지는 않았지만 수요일 오후 3시에 이 교실 문을 열고 들어왔다면 서로 솔직해져야 하므로.

은별은 혀를 내밀어 입술에 묻은 주스를 핥더니 고개를 숙였다. 조금 전의 서슬 퍼렇던 기세는 어디로 가고, 모래밭에서 꿈틀대는 물고기처럼 시무룩하다. 입에서 새어 나오는 흐린 목소리.

"넙치는 정세미란 앤데요, 걔네 집이 동네 마트에서 생선 코너를 해요. 근데 얘가 생긴 것도 얼굴이 넙데데하고 행동도 굼떠서 딱 넙치예요. 뭐, 그 별명을 제가 짓긴 했어요. 애들은 무식해 갖고 넙치가 뭔지도 몰랐거든요. 그거 광어잖아요."

"세미란 친구가 별명 때문에 놀림을 당한 거야?"

"꼭 별명 때문만은 아니었어요. 걔가 원래 느리고 눈치도 없고 무슨 소리를 들어도 눈이나 끔뻑거리고, 공부도 못하고 헤헤 웃기만 하고, 상태가 그러니까 표적이 된 거죠. 별명이 나무늘보면 뭐 달라졌겠어요? 아뇨, 다를 거 없어요. 똑같아요."

"어떻게든 왕따가 될 운명이었다는 얘기니?"

"저기요, 지금 절 비난하시는 거예요?"

"아니. 네 이야기에 귀를 기울이고 싶어서 그래. 침묵이 금이라지만 난 침묵보다는 수다가 낫다고 보거든."

"수다는 사람 앞에 세워 놓고 낄낄거리는 애들이나 떠는 거예요."

"그건 꼴값이고."

명주가 끼어들었다. 미란은 명주에게 고맙다는 눈빛을 보냈다.

명주의 말을 듣자 은별은 마음이 조금 편해졌다. 이야기가 터져 나온다.

"어느 날 넙치가 저한테 오더니 물고기 얘기를 했어요. 물고기는 통점이 없어서 고통을 못 느낀다는데 그거 다 헛소문이라고요. 물고기한테 고통을 주고 어떻게 행동하나 관찰했더니 자기를 고통스럽게 한 행위를 기억하더라는 연구 결과가 있다나 뭐라나. 그러더니 이러는 거예요. 보는 것과 보이는 것은 달라. 선생님은 그 말이 무슨 뜻인지 알겠어요?"

어떤 대상을 보는 것은 나 자신이다. 그런 자신도 남에게는 보이는 대상이 된다. 열다섯 살이 던진 질문이지만 미란은 답을 알 듯 모를 듯 했다.

"날 보이는 대로 보지는 말아 줘. 네 눈으로 똑바로 봐 줘. 넙치가 한 말이에요."

침묵이 무거워질 즈음, 명주가 말했다.

"스위스와 뉴질랜드에서는 산 바닷가재를 끓는 물에 넣어 요리하면 안 된대요. 갑각류의 신경계가 생각보다 정교해서 고통을 느낀다는군요. 아침 방송에서 봤어요."

미란과 은별, 명주는 용암처럼 끓어오르는 물에 산 가재가 빠지는 장면을 거의 동시에 떠올렸다. 그 찰나, 세 사람은 가재의 고통을 실감했다. 상당한 고통을 넘어선, 엄청난 고통. 끓는 물 속에서 벌겋게 익어 가는 가재는 먹음직스러워 보였다. 하지만 먹음직스러운 가재 뒤편에는 고통스러워하는 가재가 있었다. 세 사람은 그 고통을 똑바로 보았다. 두 눈으로 보았다.

"그러더니 걔, 학교에 안 나오기 시작했어요. 도저히 못 가겠다고 했대요. 그제야 학교가 떠들썩해지고, 누가 정세미를 괴롭혔냐고 담임이 매일매일 반 애들을 괴롭히고……. 결론은 저였죠. 정세미한테 넙치라는 별명을 붙인 아이, 저였어요. 걔하고 그럭저럭 친하기도 했고. 제가 왕따 주동자래요."

은별의 목소리가 떨렸다. 입술도, 손도 떨렸다. 명주가 은별 옆으로 가더니 은별의 손에 자기 손을 포갰다. 은별은 뿌리치지 않았다. 두 사람의 손이 같은 박자로 떨린다. 미란도 그 위에 마음으로 손을 얹었다.

"억울해요. 전 넙치 머리카락에 요구르트를 바르지 않았거든요? 걔 책에 꽁치 통조림을 쏟지도 않았거든요? 넌 사람이 아니라 어류라고, 오늘 급식에 너네 종족 나온다고 한 건 내가 아니라고요!"

그것은 버스 정류장에서 은별을 놀리던 아이들이 한 짓이었다. 은별을 루저라 부르며 침을 뱉던 아이들. 그 아이들이 담임 앞에서 은별을 지목했다. 송은별이 정세미 괴롭히는 거, 저희가 다 봤어요. 은별은 배신감에 피가 하얘졌다. 내 절친은 넙치가 아니라 너희라고 믿었는데. 절친에게 배신당한 은별을 반 아이들 누구도 구해 주려 나서지 않았다.

"넙치는요, 아니라고 하지 않았어요. 송은별이 주동자가 아니라고, 자기를 괴롭힌 건 다른 애들이라고 말해 주지 않았다고요. 담임이 진짜냐고 물어도 그냥 입만 꾹 다물고 있었대요. 난 이제 완전 망했어요. 태어난 지 뭐 그렇게 오래되지도 않았는데 벌써부터 실패예요. 생기부에 왕따 주동자라고 적히고, 대학도 못 가고 취업도 못 하고, 폐지 줍다가 얼어 죽을 거거든요. 넙치가 내 인생을 망쳤어요!"

명주가 바들거리는 은별의 어깨를 감싸 안았다. 은별은 명주 품에 안겨 어깨를 들썩이며 울었다. 나중에 돌이켜 보고 닭살이 돋든 말든, 지금 이 순간 할머니의 품은 따뜻하고 아늑했다.

은별의 울음이 잦아들기를 기다렸다가, 미란이 물었다.

"혹시 세미를 만나면 하고 싶은 말이 있니?"

은별은 꺽꺽거리며 숨을 고르더니 대답했다.

"왜 그랬냐고…… 묻고 싶어요."

"그건 세미도 그렇지 않을까? 너도 너 나름대로 답을 생각해 보는 건 어떨까 싶은데."

은별은 창가를 바라보았다. 블라인드 틈으로 햇볕이 스며들어 바닥에 어룽댔다. 빛의 여운, 물고기 같다.

4.

“왜 그런 거야?”

명주가 물었다.

요양원 면회실. 남편은 휠체어에 앉아 입을 벌린 채로 눈빛이 멍하다. 간병인 말로는 몇 시간 전까지만 해도 괜찮았다는데.

“수…… 수요…… 세 시…….”

남편이 입을 달싹인다. 정신이 돌아오려는지.

“수…… 수요……일…….”

“오늘은 금요일이야.”

“세…… 세…….”

“오전 열한 시고.”

“수요일…… 세 시…….”

피아노 치는 시늉을 하는 남편, 떨리는 손. 명주는 자기 손을 등 뒤로 돌려 감추었다.

“지금 와서 피아노는 왜 찾아? 수요일 세 시는 또 뭐고? 그래, 40년 전 수요일 세 시, 그때 당신을 만나지 않았다면 난 피아니스트가 됐을 거야. 지금쯤 은퇴를 했을지도 모르지만.”

명주는 남편에게 다가가 앉았다.

"마지막으로 물을게. 왜 그랬어? 왜 독일에 못 가게 했어? 큰애 데리고도 갈 수 있었잖아. 그 애는 어차피 지금 독일 사람이 다 됐다고. 난 공부를 더 해서 피아니스트가 되고 싶었는데, 당신 때문에……."

40년 동안 하지 못한 말이었다. 여자가 자기 자신보다는 아내나 어머니로 살아야 하는 시대에 태어난 숙명이라 여기며 참은 말이었다.

남편이 허공에 놓인 피아노 건반을 하나씩 눌렀다.

미

안

해

떨리는 손, 떨리는 음.

남편이 세 음을 연달아 친다.

미 안 해

그러자 명주의 머릿속에 이런 생각이 스쳐 갔다. 독일 유학을 못해서 피아니스트가 되지 못한 것이 아니다. 두 아이가 태어나서도 아니었다. 앞의 까닭뿐만 아니라 뒤의 결과도 틀렸다.

나는 피아니스트였다. 언제나 피아니스트였다.

무대에 서지 못한 피아니스트. 학생들 뒤에 서서 머릿속으로 수백 번, 수천 번 독주회를 연 피아니스트.

눈에 눈물이 고인다.

진짜 무대에 오른 듯 진심을 실어서 연주하세요. 실력과 욕심을 갖춘 학생에게 가르친 마음가짐이었다. 지금 이 순간, 이 곡 안에서만큼은 누가 뭐래도 내가 최선이라고 생각해야 해요. 학생들이 가고 난 다음 치던 쇼팽, 리스트, 슈만, 바흐. 그때 명주는 무엇이었나? 피아니스트였다. 아이들은 자라나 친구들과 더 가까워지고 남편은 승진을 거듭하여 회사에서 긴 시간을 보내던 시절, 명주는 교습소의 불을 켜고 피아노 앞에 앉았다. 외롭고도 홀가분한 마음으로 연주하던 팝송과 가요. 그때 명주는 누구였나? 피아니스트였다. 이제 두 아들의 몸과 마음은 먼 곳으로 떠나고 남편마저 명주가 발 들이지 못하는 세계를 떠돈다. 문 닫은 교습소에서는 피아노 한 대만이 살아남아 작은아들이 쓰던 방으로 왔다.

남편을 바라보던 명주도 마음속으로 피아노 건반을 누른다. 미, 안, 해. 명주가 명주에게 하는 말이었다. 그동안 널 알아보지 못해서 미안, 해.

"젊은 시절을 말이야, 한복판을 지나지 못하고 변두리로 빙 둘러서 걸었다는 생각이 들어. 이제 이렇게 늙었는데, 이 길도 가장자리로만 걸으면 좀 그렇겠지? 한가운데를 당당히 가로질러 걸어가야겠지?"

그간 떨리는 음이 부끄러워 한 곡도 처음부터 끝까지 연주해 보지 않았다. 앞으로는 그러지 않겠다. 남편은 더듬거리며 힘겨워하면서도 어떻게든 할 말을 하지 않나. 명주도 흔들리는 음을 붙잡고서 곡의 처음부터 끝까지 뚜벅뚜벅 걸어가리라. 늙음의 한복판을 말이다.

"다음에 병원 가면 약을 바꿔 달라고 해야겠어. 손 떨리는 거, 다른 방법이 있을지도 모르잖아. 하는 데까지 해 봐야지. 당신도 하는 데까지 힘껏 살아 봐요."

명주는 남편의 입가에 묻은 침을 닦아 주었다. 집에 가면 은별이 추천한 케이팝을 연습해 봐야겠다고 다짐하면서.

5.

마트 안, 세미네 부모님이 운영하는 생선 코너. 은별은 물방울을 뽀글거리는 바지락 옆에 30분째 서 있다.

"언제까지 그러고 있으려고? 너 그러는 거 괜히 고집부리는 거야. 예의 없는 거고."

세미 엄마가 말했다.

은별도 알지만 어쩔 도리가 없다. 이곳은 세미에게 가는 문이다. 문을 열고 세미가 있는 곳을 알아내야 한다. 알지만 모르는 세미, 모르는데도 알려고 하지 않은 세미, 보이는 대로만 보아 온 세미. 넙치가 아닌, 정세미.

"넙, 세, 세미가…… 저 보기 싫대요?"

"내가 거짓말은 하기 싫으니까 하는 말인데, 세미한테 그런 말은 못 들었다. 뜸 덜 든 밥솥처럼 입 꾹 다물고 도통 말을 안 하니까. 그런데도 세미를 만나야겠니? 만나서 뭐 하게?"

"묻고 싶은 말이 있어서요."

은별이 답했다.

"사실은, 하고 싶은 말이 있어요."

그러자 세미 엄마가 한숨을 쉬더니 말했다.

"2동 702호야. 혹여 우리 애한테 또 모진 소리 할 생각 말고. 세미 아빠랑 나, 아직 너 용서한 거 아니야. 세미 걔 속이야 나도 모르겠고."

"알아요. 감사합니다."

은별은 꾸벅 인사를 했다. 세미 엄마가 다시 한숨을 쉬었다.

"난 나부터도 용서가 안 돼. 애가 혼자서 끙끙 앓는데 엄마가 돼 갖고 그 속을 몰라줬으니 참 못났지. 가서 벨 눌러 봐. 세미가 문 안 열어 주면 그땐 나도 몰라."

세미가 사는 아파트는 마트에서 멀지 않았다. 은별은 2동 702호 앞에 도착해서 초인종을 눌렀다. 디이이잉도오옹! 디이이잉도오옹! 우렁찬 소리가 복도에 울려 퍼졌다. 초인종에서 지지직거리는 소리가 새어 나온다. 이것은, 안쪽에서 인터폰 수화기를 들었다는 뜻!

"나야, 송은별. 듣고 있는 거지? 할 얘기가 있어서 왔어."

은별은 초인종에 대고 말했다. 네 얘기를 들으러 왔다고 할걸 그랬나. 후회나 하고 있을 시간이 없었다. 거치적거리는 택배 상자를 발로 밀고서 초인종에 밥풀처럼 달라붙는다.

"나, 처음에는 화가 나서 미칠 거 같았어. 난 제일 잘못한 사람이 아닌데, 정말 나쁜 년들은 따로 있는데, 나만 주동자로 몰려서 세상 억울했어. 걔는 아니라고 딱 잘라 주지 않는 너도 원망스러웠고. 근데 계속 생각하고 또 생각하니까 나중에는 아무 생각도 없어지더라. 다 귀찮아진 거지. 졸린데 잠이 안 올 때처럼 멍해졌어. 아무 말도 하고 싶지 않고, 별로 살고 싶지도 않고. 혹시 너도 지금 그런 상태야?"

지지직, 지지직. 세미는 저쪽에 있다. 현관문 너머, 몇 발짝 떨어지지 않은 곳에. 그 정도 거리는 두 사람 사이의 기본값이었다. 은별은 아쉬울 때면 세미와 놀았지만 세미를 절친이라고 여긴 적은 없었다. 절친 무리와 어울려 다니며 웃고 떠들다가도 고개를 돌리면 몇 발짝 떨어진 곳에 세미가 있었다. 넓은 얼굴로 배시시 웃으면서.

"요즘 도서관에서 수업을 듣는데, 예전 일이 자꾸 떠올라. 애들이 너한테서 비린내 나는지 좀 맡아 보라고 했을 때도 생각나고. 그때, 내가 잘 모르겠다고 했잖아. 냄새가 나는 것 같기도 한데 잘 모르겠다고."

아이들이 넙치 비린내가 나는지 맡아 보라며 세미의 팔을 끌어다가 은별의 코밑에 들이댔을 때, 은별은 냄새를 맡기는 맡았다. 그러나 비린내는 아니었다.

"너, 비린내 안 났어. 좋은 냄새였어. 고소한 냄새, 튀김 냄새."

그날, 세미는 교실을 뛰쳐나갔다. 이튿날 세미 엄마가 가방을 가지러 와서는 담임과 긴 시간 면담했다. 등교 거부의 시작이었다. 은별은 세미가 한 발짝도 집에서 나가려 하지 않는다는 소식을 엄마에게 전해 들었지만 알 바 아니라고 생각했다. 어떻게 그랬을까? 세미가 마지막으로 등교한 날, 책상 서랍 속에서 일회용 도시락 용기를 발견했으면서 말이다. 고무줄을 빼서 뚜껑을 열어 보니 가지런히 누운 새우튀김 다섯 마리. 새우튀김 먹고 싶은데 엄마가 안 사 준다며 무리에게 투덜거린 이야기를 세미가 들은 모양이었다. 도시락을 종이 가방에 넣어 들고 오느라 손목 안쪽에 고소한 튀김 냄새가 배었을 것이다. 그런 세미에게 은별은 비린내가 나는 것도 같다고 말했다. 세미가 울며 운동장을 걸어가고 있는데도, 붙잡을 만한 거리인데도, 도시락을 쓰레기통에 버렸다. 그러고는 그 일을 잊어버렸다. 글쓰기 선생님이 세미에게 무슨 이야기를 하고 싶으냐고 물어볼 때까지 잊고 지냈다. 어떻게 그랬을까? 은별은 두 손을 펴서 들여다봤다. 그 안에 답이 있기라도 한 듯이. 손바닥에는 커다란 물음표가 꼬리를 팔딱거릴 뿐이었다.

"나도 내가 왜 그랬는지 모르겠어. 아니, 알아. 난 널 보이는 대로만 본 거야. 내가 널 그렇게 봤으니까 그렇게 보이는 건데 그것도 모르고……. '냄새가 나는 것도 같다'보다 '잘 모르겠다'가 더 나빴어. 최악이었어."

지지직 소리가 멈추었다. 그 뒤로 한참 동안 아무 소리도 들려오지 않았고 아무 일도 일어나지 않았다.

은별은 초인종에서 물러났다. 너는 스스로 친구를 선택했는데 나는 그럴 용기가 없어서 떠들썩한 애들 뒤에 숨어 있었다고, 비겁했다고 말하고 싶었다. 세미가 듣지 않는다 해도 말해야 했다. 말하려고 입을 벌렸는데, 잠금쇠 푸는 소리가 들리더니 문이 열렸다.

세미였다. 넙치가 아닌 세미.

6.

미란은 편의점 앞에서 발걸음을 멈추었다. 벌써 호빵이 나왔다. 팥 여섯 개와 야채 여섯 개를 고르고, 반씩 섞어서 두 봉지에 나누어 담아 달라고 했다. 봉지를 가지고 나와 걷는데 따끈한 호빵이 후후 입김을 불며 손목 안쪽을 간질였다. 진정한 위안이란 안쪽부터 따뜻하게 해 주는 것, 언덕을 오르며 생각했다. 2주 전보다 공기가 차가워졌고 글쓰기 교실을 광고하는 현수막은 때가 좀 탔다. 내 인생의 실패담. 굵은 글자가 바람에 펄럭인다.

열람실에 들러 진경에게 호빵을 한 봉지 건네주었다. 그리고 꼭대기 층으로 올라가며 실패라는 단어를 되뇌었다. 무엇이 성공이고, 무엇이 실패일까? 이 글쓰기 수업은 성공일지, 실패일지. 출석부 세 번째 줄에 적힌 강미란 학생의 관점에서 보자면, 한 가지만

큼은 배우는 데 성공했다. 글을 쓰려면 말을 들어야 하고, 말을 들을 때는 마음을 보아야 한다는 점. 교실에 들어서자 은별과 명주가 호빵을 반겼다. 간식도 성공한 듯하다.

의자에 둘러앉아 호빵을 먹고, 명주가 싸 온 당근 주스도 마셨다. 은별은 저번 시간에 활화산처럼 울분을 토하더니 오늘은 휴화산인지 조용하다. 명주는 떠는 손을 맞잡아 비틀거나 허벅지 밑에 감추지 않았다. 떨리는 손으로 호빵을 먹고 주스를 마셨다.

"오늘이 마지막 날이네요. 여러분과 함께 쓴 소설을 발표할 시간이에요. 시작해 볼게요."

미란이 말했다.

"잠깐만요! 배경 음악이 있어야죠."

그러고서 은별은 명주를 본다.

명주는 쑥스러워하면서도 스마트폰을 꺼냈다. 이틀 전, 오랜만에 찾아온 작은아들에게 도움을 받아 피아노 연주를 녹음했다. 아들은 이걸 꼭 해야 되겠냐며 구시렁댔다. '별로 듣기 좋은 소리도 아닌데'라는 말이 생략되어 있다는 사실은 명주도 알았다. 하지만 상처받지 않았다. 누군가는 머릿속이 뒤죽박죽이 되어서도 40년 전을 기억하고, 누군가는 떨리는 손으로도 피아노를 친다. 그건 실패가 아니다. 인생이다.

스마트폰에서 피아노 선율이 흘러나왔다. 끊겼다가 이어지고 멈췄다가 출발하는, 비틀거리지만 쓰러지지 않는 음. 은별이 명주에게 추천한 곡이었다. 공동 작품을 읽는 미란의 목소리가 음악 속으로 걸어 들어간다.

여자는 독주회를 열고 싶었지만 남편을 뒷바라지하고 아이를 키우느라 너무 바빴다. 자식들이 품을 떠나고 남편이 요양원에 들어가고서야 한가해졌다. 늙어 버린 다음이었다. 독주회를 꿈꿀 때마다 손가락이 떨렸다. 지금 와서 그러지 말라는 듯이. 하지만 여자는 그러기로 했다. 납작해진 치약 튜브에서 딱 한 번 양치할 치약을 쥐어짜듯 용기를 짜내어 결정을 내렸다. 두려웠다. 처음이자 마지막 독주회가 실패로 끝날까 봐 겁에 질렸다. 커튼 뒤나 문 뒤에 숨어서, 떨리는 손가락을 품에 꼭 껴안은 채 떨었다. 꿈에 나온 괴물이 무서워서 인형을 부둥켜안고 우는 아이처럼.

독주회 장소는 집이었다. 마당 가꾸기를 좋아하던 남편은 나무와 꽃을 남겼다. 여자는 나무가 우거지고 꽃이 흐드러진 마당에 접이식 의자를 몇 개 놓았다. 무대는 피아노가 놓인 거실. 유리창을 활짝 열면 피아노 소리가 바람을 타고 날아가겠지. 딱 한 곡이니 이웃들도 참아 주지 않을까. 아들은 늙은 엄마의 계획을 황당해했다. 그러면서도 독주회를 알리는 포스터를 만들어 집 대문과 골목길에 붙여 주었다.

여자는 아무도 오지 않으리라 예상했다. 이 시도는 우스운 실패담으로 끝나리라고 말이다. 빈 객석을 등지고 앉아 홀로 피아노를 치리라 각오했다. 그래도 어쩔 수 없는 일이라며 마음을 다독였다.

그러나 관객이 왔다. 두 여자아이가 수요일 오후 3시의 피아노 독주회를 찾아왔다. 아이들은 여자가 연주하는 곡을 귀 기울여 들었다.

연주가 끝났다. 여자는 숨죽인 채 박수를 기다렸지만, 박수 대신 질문이 쏟아졌다.

"제목이 뭐예요?"

"원래 이렇게 짧아요?"

"한 곡 더 쳐 주시면 안 돼요?"

여자도 한 곡 더 치고 싶었지만 손가락이 아팠다. 어깨도, 등도 아팠다. 무엇보다 마음이 아팠다. 예전처럼 치지 못한다는 사실에, 처음이자 마지막 앙코르에 응답하지 못한다는 사실에 가슴이 저렸다. 여자는 마당으로 나갔다.

"저희는요, 궁금한 게 아주 많아요."

한 아이가 말했다.

"하고 싶은 얘기도 많아요."

다른 아이가 말했다.

여자는 웃음을 지었다. 앙코르 곡을 연주하지는 못하겠지만 관객의 이야기는 들을 수 있다. 어쩌면 그것 역시 연주가 아닐까?

명주와 은별은 소설 속 등장인물처럼 음악과 이야기에 귀를 기울였다. 지금 여기에는 없지만 다른 곳에 관객이 한 명 더 있었다. 세미. 은별은 수업이 끝나면 이 소설을 가지고 가서 세미에게 읽어 줄 것이다. 미란과 명주는 그래도 좋다고, 환영한다고 했다.

미란은 숨을 고르느라 낭독을 멈추었다.

은별과 명주 두 명으로 시작한 수업이 미란을 포함해 세 명이 되었고, 이제 세미까지 더해 네 명이다. 이 정도면 실패는 아니지 않을까, 미란은 생각했다.

낭독이 이어진다.

작가의 말

소설이 끝나도 이야기는 끝나지 않는다

출입문을 열어 놓은 와플 가게 앞. 주인아저씨가 손님에게 하는 말이 들려온다.

"오늘 와플 끝났습니다. 반죽이 끝났습니다."

말투는 무뚝뚝하지만 목소리가 홍겹다.

장사가 잘돼서 기분 좋으시구나, 싶어 웃음이 나왔다. 그런데 가만, 내가 지금 한가롭게 웃을 때가 아닌 거다. 소설을 와플에 빗대자면, 나는 일곱 색과 맛으로 구운 소설을 책이라는 봉투에 담아 이제 막 세상으로 내보내려는 참이기 때문이다. 두근거리는 긴장의 나날! 별빛이 지구에 닿기까지 시간이 걸리듯 내가 이 글을 쓰는 때와 여러분이 소설을 읽는 시점 사이에는 간격이 존재한다. 여러분의 소감을 듣게 될 날을 고대하며, 일곱 소설에 관한 내 생각을 먼저 말해 보려 한다.

「나도 모르게 그만」

중고 가구를 사러 갔다가 덤으로 받은 아이비 화분이 있다. 지금 생각해 보니 어느 날 갑자기 정든 집을 떠나 낯선 곳에 오게 된 아이비가 무섭고 슬프지 않았을까 싶다. 이제는 우리 집을 고향으로 여기고 행복하게 살았으면 좋겠다. 보람이, 형조, 민수가 구조한 식물들도 몸 건강히 잘 지내고 있으리라 믿는다.

「부끄러운 부분」

난 왜 이 모양일까 싶어서 부끄럽고 창피할 때가 많다. 그때마다 다음에는 그러지 말아야지 다짐했더니 같은 실수를 반복하는 횟수가 조금은 줄었다. 자기 자신의 부끄러운 부분과 마주치면 일단 창피해하자. 다음에는 그러지 않겠다고 결심하자. 내일은 오늘보다 요만큼이라도 나아지면 된다.

「괜찮아질 예정이야」

오래전, 돌아가신 아버지의 물건을 정리하다가 구내식당의 식권 뭉치를 발견했다. 귀퉁이가 해진 식권을 본 순간 가슴이 내려앉았다. 넓은 식당에서 식판 앞에 홀로 앉은 아버지의 뒷모습이 떠올랐다. 할 수만 있다면 오늘, 아버지에게 전화를 걸어 목소리라도 듣고 싶다. 어쩌면 그리움이란 우리 모두의 마음속에 저장된 전화번호일지도 모르겠다.

「독고의 꼬리」

사소한 기억이 떠오른다. 햇살 밝은 오후에 달걀 샐러드를 만들었다. 삶아서 으깬 달걀에 건포도와 마요네즈를 넣어 버무리니 맛있었다. 식빵에 얹어 먹는 달걀 샐러드처럼 평범하고 평온한 일상, 내가 나인 것이 당연한 나날. 이것은 모든 사람이 마땅히 누려야 할 하루하루다. 이 세상의 모든 독고에게도 그런 날이 오면 좋겠다.

「열아홉, 한여름의 보물」

노숙자 할아버지가 흘리고 간 싸구려 목걸이와 그걸 주워서 주인을 찾던 사람. 가족이 들려준 짧은 목격담이다. 그 이야기를 소설로 써 보고 싶다는 생각이 들었다. 몇 년이라는 시간이 걸렸지만 이제 여러분에게 한여름의 보물을 보낸다.

「수지분식」

떡볶이는 정말 최고다. 나는 운 좋게도 그 사실을 일찌감치 깨달았고, 초등학교 1학년 때부터(!) 하굣길마다 사거리 노점에서 떡볶이를 사 먹었다. 중·고등학교 시절에는 공부도 안 하면서 압박감은 또 심해서 떡볶이로 스트레스를 풀었다. 그리고 어른이 되자 떡볶이 맛집을 찾아다니며 '이 집 괜찮네'와 '여기는 아니야' 사이를 방황했다. 내가 언제쯤 인생 떡볶이를 찾을지 모르겠지만 「수지분식」의 순지와 호범이는 그 어려운 일을 벌써 해냈다!

「내 인생의 실패담」

이 세상에서 나에게 '넌 망했어!'라고 말해도 되는 사람은 나 자신뿐이다. 이는 뒤집어 말하자면, 나 스스로 실패했다고 좌절하지 않는 한 언제 어디서든 다시 일어날 수 있다는 뜻이다. 그렇다면 '내 인생의 실패담'이라는 글쓰기 교실에 모인 은별, 명주, 미란 세 사람은 정말 실패한 것일까? 이들이 쓴 글의 뒤쪽에는 어떤 이야기가 숨어 있을까? 언젠가 다가올 수요일 오후 3시쯤에 여러분이 문득 자신만의 답을 찾기 바란다.

소설 쓰는 시간이 끝났을 때 소설 읽기가 시작된다. 소설을 다 읽고 나면 그때부터는 여러분의 이야기가 시작된다. 각자 좋아하는 맛과 색으로 삶이라는 이야기를 구워 보는 것이다. 내가 쓰고 여러분이 읽은 소설이 그 이야기를 이루는 반죽 한 움큼이 된다면 참 따뜻한 기쁨이겠다.